狃狮犬

【美】吉姆·凯尔高◎著

于键敏 冷晓红◎译

江西高校出版社
JIANGXI UNIVERSITIES AND COLLEGES PRESS

图书在版编目（CIP）数据

猎狮犬／（美）凯尔高著；于键敏，冷晓红译．—南昌：江西高校出版社，2016.3（2020.6 重印）

（国际大奖动物小说）

ISBN 978-7-5493-4144-3

Ⅰ．①猎… Ⅱ．①凯… ②于… ③冷… Ⅲ．①儿童文学－长篇小说－美国－现代 Ⅳ．① I712.84

中国版本图书馆 CIP 数据核字（2016）第 052540 号

责任编辑 易建宏 谢四玲
装帧设计 罗俊南

出版发行		江西高校出版社
社 址		江西省南昌市洪都北大道 96 号
编辑电话		（0791）88170528
销售电话		（0791）88170198
网 址		www.juacp.com
印 刷		湖南锦泰数字印刷有限公司
经 销		各地新华书店
开 本		787mm×1092mm 1/16
印 张		13
字 数		120 千字
版 次		2016 年 3 月第 1 版 2020 年 6 月第 2 次印刷
书 号		ISBN 978-7-5493-4144-3
定 价		39.00 元

赣版权登字 -07-2016-104

目 录
contents

第一章

一　暴风雪

当约翰尼·托林顿醒来的时候，离秋天的黎明尚有两个小时。他躺在暖暖的被窝里，舒舒服服地伸了五分钟的懒腰。卧室的窗户是开着的，一股凉风穿过窗户顽皮地溜了进来。约翰尼将被子拉到下巴底下，听着风儿刮进来的呼呼声。虽然今天的风并没有昨天的冷，但似乎多了些昨天没有的东西。

三个星期以前，正是深秋和初冬交接的时候，那时风和日丽，气候宜人。在阳光的照耀下，悬崖一带色彩缤纷，各种颜色的叶子闪闪发光，呈现出一片成熟的景象。可是，北风突然袭来，挂在树枝上的叶子迎风飞舞，打着旋儿飞落到其他地方。从那时起，一直到现在，北风就再也没有停过。之前，北风只是伴随着冰冷的雨水，但现在很有可能会带来一场大雪。明天就是周六了，如果下雪，杰克·凯恩就会带着他的猎狮犬队去高地。杰克答应过约翰尼会带他一起去，这将是约翰尼平生第一次狩猎。

约翰尼的脑海里浮现出杰克的五只猎犬在雪地里如风般奔跑的场景，他仿佛听到了猎犬那嘈杂的狂吠声消失在远方，一直到了那冰雪覆盖的悬崖上。而后，他看到猎犬们朝着一棵树狂乱地叫着，一头狮子高高地站在松树上。几声震耳的枪声过后，狮子从树上直线坠落下来，四肢无力地瘫在雪地中……

白日梦渐渐淡去，约翰尼该准备去上学了。

他从床上跳下来，光着脚跑到窗前去关窗户。他先将头探出窗

外片刻，呼吸着新鲜的空气，然后急切地望了望，想看看有没有下雪。他没有看到任何下雪的迹象，但他确切地知道就要下雪了，因为刺骨的寒风是大雪的预兆。

约翰尼脱掉了睡衣，把它扔在床上。然后，他匆匆忙忙穿好衣服，将领带搭在肩膀上，提着鞋子，轻手轻脚地走下楼梯。

约翰尼与爷爷老阿利斯·托林顿住在一起。阿利斯年轻时是个很有名的猎人，但是现在他老了，英雄迟暮，和其他老人一样，他喜欢睡到自然醒。

约翰尼轻轻走进厨房，点亮一盏油灯。大炉子里燃起的炉火让厨房里暖暖的。两只猎犬起身迎接他，它们老得牙齿都快掉光了，深色的毛发毫无光泽，就像蒙了一层白霜。这两只猎犬分别叫桑德和帕特，它们是阿利斯最后一支猎狮犬队中仅存的两个成员。现在，这两只老猎犬已经不再参与捕猎，只要它们愿意，就可以睡在厨房里。

约翰尼弯下腰，抚摩着这两只老猎犬，充满溺爱地笑着。这两只猎犬已经老了，并患有年老所带来的各种疼痛和疾病。但是，它们依然会去附近的树林里徘徊，倘若发现了山猫或是浣熊的踪迹，偶尔也会提高嗓门，发出苍老的吠声。过去一年，它们都没有发现任何可以让它们吠叫的踪迹，却仍然坚持尝试。

约翰尼打开门，让两只猎犬跑进黎明前的黑暗中。他迅速瞥了一眼桌子上的闹钟，现在是六点一刻。约翰尼从炉子上的容器中舀出一些热水，开始洗漱。

洗漱完毕后，约翰尼提起炉盖，戳了戳灼热的余火中的炉灰，并添加了些新木柴。当炉火重新燃起的时候，约翰尼钻进一间阴暗的屋子，取出自家熏制的一块厚厚的咸猪肉，将它切成薄片。他将其中四片放到小碟子中，留给阿利斯，另外四片放入煎锅中。当咸猪肉开始在锅中发出噼啪声时，炉子后面的咖啡壶也开始冒出热气。约翰尼用叉子将锅中的咸猪肉翻了翻，又往里面打了两个鸡蛋，接着把面包切成片，开始享用他的早餐。

约翰尼吃完早餐后，窗外仍然十分昏暗，天空阴沉沉的，这也证明了风儿所预示的要下雪的迹象。约翰尼用渴望的眼神望着放在架子上的两支步枪。打猎总是比上学更有趣，但他不敢逃课。他的学习成绩虽然还可以，但没有想象的那么好。而且，卡特逊中学的老师不会容忍那些没有充分理由就不来上学的学生。

约翰尼又往火中添加了更多木柴，将火炉的风门关小，然后打开门让两只老猎犬进了屋。它们冻得直发抖，回到火炉旁边后，就舒舒服服地蜷缩成一团。

约翰尼草草地写下一张便条："再见，祖父大人，您要乖乖的。"他将便条搁在桌子上，咧开嘴笑了。阿利斯有着像公牛咆哮般的嗓音。表面上看，他的举止和声音一样粗放，然而他的内心是非常细腻的。尽管每次约翰尼叫他"祖父大人"的时候，他总会哼一声表示抗议，但其实他对这个称谓是非常自豪的，因为他喜欢自己被别人记在心上。

约翰尼吃完饭后并没有收拾盘子，而是将它们留在了餐桌上。在天气冷的时候，阿利斯很少会离开房子太久，他喜欢做些事情让自己忙碌起来。约翰尼在披上他那件沉重的防风夹克时，眼睛一直望着自己的套鞋。他知道，自己在还未下雪的时候就穿上套鞋，一定会遭到别人的嘲弄。但是，今晚可能会下雪，而他每次都必须步行500米到汽车站。最后，他还是匆匆穿上了套鞋，将毛线帽套在头上，并拉到耳朵下，然后小跑着走上砾石路。

马路两边拔地而起的是高耸的峭壁。随着天色渐渐亮起，天空的轮廓也慢慢显现出来。峭壁的后面是石坡，破碎的页岩，荒凉的高地牧场，还有流淌在15米高的峭壁壁架上的小溪。但是，峭壁才是这片土地最突出的特征，它上面布满了裂缝，排列着壁架，有很多结构像蜂巢一样的洞穴。这些洞穴随处可见，小的只有几平方米，大的则像是一个装有数个小房间的大房子。峭壁的北面是广阔的高原，那里生长着大片的西黄松林。

约翰尼跑在通往公路的砾石小路上，脑海中全是那些栖息在荒野中的动物，有长耳鹿、高傲的麋鹿、羚羊、熊、土狼，还有许多小型动物。那潜伏着的山狮行动诡秘，犹如阵阵黄褐色的烟雾，瞬间闪现在林中，让你很难抓到。这些大型猫科动物曾是阿利斯猎捕的对象，现在由杰克·凯恩进行猎捕。山狮是一种具有传奇色彩的动物，它们甚至可以咬断公牛的脖子，民间流传着很多关于它们的传说。但是，很少有人知道这些传说从哪里开始，又将在哪里结束。

一条雨水冲积而成的小水沟一直通往悬崖，约翰尼用渴望的眼神望着小水沟。他幻想着自己手持步枪，与杰克·凯恩及他的猎犬一起沿着水沟向上攀爬。想到这里，他咧开嘴笑了笑，然后继续前行。那是明天的事情，而今天的事情是上学。约翰尼走到了砾石小路与柏油公路的交会处，这时，校车刚好出现在他眼前。

校车颠簸着停在他面前。司机打开车门，笑嘻嘻地说道："已经穿上套鞋了？你真是太娇气了！"

"你好，查克。"

约翰尼走上校车，向已经坐在车上的同学点头问好，然后找了个座位坐下来。他知道如果今天穿套鞋，一定会被同学们嘲笑，所以他已经做好了心理准备。但是，他非常确定自己是对的。天空中黑压压的乌云已经预示着今天不仅仅会有一场降雨出现，明天早晨或是今晚以前一定会下一场雪。

这时，校车司机查克突然踩了下刹车，校车顿时停了下来。约翰尼和大家一样，探着头往车窗外看，他们看到一头麋鹿正站在公路中央。它看到车停下来，就悠然自得地缓缓走开了，还好奇地回头打量了一下校车。一般情况下，动物见到人后会马上跑开。但奇怪的是，如果人坐在汽车里，它们就不害怕了。或许是因为它们闻不到人的气味，又或许是它们知道汽车总是待在公路上，而绝不会驶入森林中。约翰尼牢牢记住这个问题，打算回去问问阿利斯，看他对这个有趣的现象怎么看。

校车又停了下来，查克让巴斯托家的双胞胎上了车，然后继续开着车向峡谷外驶去。当一群长耳鹿蹦蹦跳跳地穿过公路并进入森林时，校车再一次停了下来。约翰尼仔细地观察着它们。对于这些住在偏远地区的孩子来说，公路上的动物是司空见惯的。但是，约翰尼对野生动物有着浓厚的兴趣，他对这些动物的着迷程度远远超过其他人。

约翰尼上车一个多小时后，校车开进了卡特逊中学。车停下来后，同学们陆陆续续下了车，约翰尼跟在鲍勃·卡鲁身后。鲍勃的父亲拥有一个小农场，但是鲍勃自己最大的愿望是做一名英语老师。约翰尼认为这是个不错的想法，因为假如每个人都像自己一样，想要成为一名森林工作者的话，那么这个世界就不平衡了。

约翰尼走到自己的储物柜前，将外套和帽子挂在里边，并匆忙脱掉了套鞋。在进入教室前，他走到窗前，满怀希望地向外面望了望，想看看是否有下雪的迹象。云层已经将卡特逊山峰的顶部全掩盖住了。约翰尼知道，即将到来的降雪已经先出现在峰顶了。

整个早晨，他都在努力让自己集中注意力，专心听讲。但是，

第一章

他的心和大脑都没有放在学习上。他勉强熬过了历史课和英语课，随后的一节课是相对自由的自习时间，因此他的思绪完全沉浸在猎捕狮子的幻想之中。但是，在接下来的生物课上，他差点儿因为走神而遭到老师的训斥。中午，在食堂的自助餐厅中，他有点食不知味。吃完午餐后，他快步向教室走去，发誓一定要专心上好代数课，因为要想成为一名森林工作者，他必须掌握好这一科目。

进入教室后，他瞥了一眼窗外，发现外面果然在下雪。北风猛烈地吹着飞舞的鹅毛大雪。约翰尼试图辨认出离学校最近的房子，却只能勉强看清它的轮廓。

两分钟后，来自校长办公室的莫舍小姐就走进教室，压低声音和代数老师讲了些话。待她离开后，代数老师转过身面朝学生们说道："托林顿、马斯特斯、卡森、马尔汉尼、丹多，你们可以离开了，现在去校车司机那里报到吧。"

约翰尼·托林顿与皮特·丹多以及另外三个女生一起站了起来。这是个惯例，每当下大雪的时候，为了确保学生能够安全到家，那些必须乘校车回家的学生总是可以提前走。

除了历史书之外，约翰尼把所有的书都放进书桌里，然后用胳膊紧紧夹住历史书冲向走廊，跑到了自己的储物柜前。鲍勃·卡鲁的储物柜和约翰尼的紧挨着，就在约翰尼穿好防风夹克的时候，鲍勃抱着一摞书向他走了过来。

约翰尼见到他后开心地说道："快点，书呆子！"然后，他转身离开了。

鲍勃回应道："我一会儿就过去。"

因为巴斯托家的双胞胎和爱丽丝·拉金的教室离教学楼的出口比较近，所以当约翰尼上车的时候，他们早就在那里等着了。雪很有可能不会下太长时间，如果雪停了，那么扫雪工就可以将公路清理干净，那样他们在周一早上就可以回到学校上课了，但这不是必然的。去年冬天，峭壁之间的公路被雪封住了两次，而且每次都持续了四天之久。查克·杰克逊只能等到雪停了，路面被清理干净之后，才可以再一次将校车开到公路上。

约翰尼问爱丽丝·拉金："现在你是不是觉得我穿套鞋很明智？"

"哼，你以为你很聪明吗？"

约翰尼咧开嘴笑了笑，然后猛地坐到座位上。今天，查克·杰克逊不得不在雪中驾驶校车，将这些孩子安全地送回家。他眯着眼睛向车窗外的教学楼望去，很是焦急。

查克问道："其他人究竟在哪里，怎么还没有出来？"

皮特·丹多回应道："别担心，查克！如果你这艘'古老的方舟'被困在雪中，我们就把它抬起来扛着走。说不定比你开车还快呢。"

查克焦急地搓着双手，但仍然故作镇定地说道："哈哈，我们这里有位幽默大师啊！"

第一章

其他人都上车了，只有鲍勃·卡鲁一个人还没有到。查克在自己的座位上坐立不安。于是，其他人开始有节奏地反复大声喊着："鲍勃，快出来！鲍勃，快出来！鲍——"

最后，鲍勃终于出现了。他抱着一摞书，脸上露出了很不开心而又无可奈何的表情。在这之前，大部分的校车都已离开，只剩下他们这辆和另外一辆。

查克加大油门，小心翼翼地将校车缓缓开到了大街上。雨刷刮掉了挡风玻璃上那松软的雪，发出吱吱的声音。

约翰尼开心地望着车窗外。他今天早上出来的时候，窗外还是秋天的美景，现在却一下子变成了白雪皑皑的冬季景色。积雪覆盖在草地和常青植物的树枝上，堆积在公路上。在他们前方，约翰尼看到了其他汽车驶过后留下的车轮印。大雪纷飞，车轮印很快就被覆盖了。

查克将车开得非常慢，犹如乌龟爬行。当车开到通往峡谷的一个急转弯处时，他又一次放慢行车速度，将车速调成二挡。他们先是平安地到达了巴斯托家，然后又到了约翰尼家附近的车站。约翰尼走下车，挥着手和大家告别，然后校车又继续开始前行。他认真地告诉自己，没有人真的愿意离开学校，但是暴风雪让他们本周的课程早早地结束了，事实就是这样。尽管雪都已经积了大约十厘米厚，但是约翰尼依然高兴地走在回家的砾石路上。从这里到家，要步行500米的路。他热血沸腾，于是走到一边，从一棵倒下的树上跳了过去，只是为了好玩。之后，他开始变得非常谨慎，脚步也放慢了。

往往在下过第一场雪之后，野生动物就会从高地上下来。前边是一片野生苹果林，约翰尼以前经常在那里看到鹿和麋鹿。于是，他想去看一看现在那里是否有动物。

松软的雪使得约翰尼走起路来没有发出一点声音。但是鹿和麋鹿能够很快注意到移动的物体。所以，当约翰尼快走到苹果林时，他小心地躲到了一棵松树后面。接着，他又很快地藏到另一棵树的后面，就这样慢慢地靠近苹果林。在最后一棵大松树的掩护下，他从树干后面探出脑袋，窥视着这个野生果园的情况。

与往常不同，今天这里没有任何野生动物出没，约翰尼感到有些惊讶，而且困惑不解。平时，鹿和麋鹿都会在这里等着吃从树上掉下来的苹果，或者干脆抬起后腿把树上挂着的结了霜的干苹果撞下来吃。

约翰尼仔细在雪地上寻找任何动物可能留下的痕迹。但是，他还是什么也没有找到。看来，鹿和麋鹿并非被其他路过的野兽吓跑了，而是雪下得还不够大，所以，它们并没有从高地上下来。

就在这时，约翰尼警觉起来，他集中注意力，站在原地环视着周围的情况。

原来，他看到在苹果林外的松树林里有个东西动了一下。他只看到有个茶褐色的东西闪了一下，然后就不见了，没看清楚那到底是什么。约翰尼非常小心地站在一棵松树后面，不管刚才看到的是什么，他只希望这个东西能再次现身，好让他看个清楚。等了一会儿后，那个东西没有再出现，于是约翰尼从松树后面走了出来。

突然，那东西又一次出现了，这次约翰尼将它看得一清二楚。它就站在两棵树中间的一小块空地上，然后又马上消失了。那是一头山狮，是约翰尼所见过的最大的一头山狮。"我该怎么办？"约翰尼站在原地一动不动，努力让自己冷静下来。

众所周知，狮子会袭击人，杰克·凯恩还有约翰尼的爷爷都这么说过。但是，这种袭击也只是个别情况，通常情况下，狮子只有在饿得没办法时才会袭击人。约翰尼刚才清楚地看到了那头狮子，它看上去根本不像是饥饿的样子。

他小心地移到了一棵倒下的枯树旁，躲在那里四下张望，同时用脚去够结实的树枝。他捡起来一根粗树枝，把它搭在枯树干上，然后突然蹦到树枝上面，将其折断成一根一米长的木棍。约翰尼迅速弯下腰，将木棍捡起来握在手中，然后移动到一块空地上。这样，他就有足够的空间来挥舞木棍了。

虽然狮子通常情况下不会攻击人，但是，约翰尼听说它们总是喜欢跟踪人。狮子有个很明显的特点：对任何事物都充满巨大的好奇心。有时，它们可以在不现身的情况下跟踪一个人数千米远。一

想到自己可能被这么大的一头狮子跟踪，约翰尼就吓得直打哆嗦。

走到被白雪覆盖的小路上后，约翰尼一直走在路中央，尽可能地远离路两边的灌木丛和树林。当听到身边突然传来一阵声响的时候，他就像一头受了惊吓的小鹿一样跳了起来。然而，那只不过是云杉树枝上的雪积得太多，滑落下来的声音。

他走到了一个地方，在这里，大云杉树都已经被砍掉了，小云杉树又重新生长出来。这些新长出来的小树还没有约翰尼高，但是，它们的叶子长得非常茂密。约翰尼在云杉树林里小心、缓慢地移动着，突然，他又一次停了下来。

他没有看到任何东西，也没有听到任何声音，然而他确信其

第一章

中一棵小树动了一下，仿佛是被一个体形庞大的身体碰到了。突然，他战胜了内心的恐惧，体内爆发出一种狂野的冲动，想要和敌人作战。于是，他向前一跃，挥舞着手中的木棍，嘴里尖叫着："哈——啊！"

约翰尼胡乱挥舞着手中的木棍，不小心打到了那些小树，紧接着那些小树又弹了回来，抽打到他的脸，他感到脸上疼得火辣辣的。这时，他突然停了下来。

就在刚刚下过雪的地面上，有一些新鲜的印记，那是一头巨大的狮子留下的爪印。约翰尼顿时感到脖子后面一片冰凉。他环顾四周，用非常惊恐的眼神在周围的植物之间探寻着，也许那头狮子就藏在这些植物的后面。此时，他意识到自己刚才的表现简直是太愚蠢了。于是，他匆忙撤退到开阔的路面上。接下来，他依然走得很慢，时刻留意着周围的一切。直到闻到了木柴燃烧的烟味，看到了爷爷家的房子，他才拔腿跑起来。当他推开门冲进屋时，爷爷抬起头来，诧异地问道："出什么事了，孩子？"

约翰尼气喘吁吁地说："刚刚，就在刚刚，就在路上，有一头狮子一直跟着我！"

"狮子？你确定是狮子？"

"刚刚，我亲眼看到了它，而且它的爪印还留在那里呢！"

"它离你有多近？"

“在我穿过那些小云杉树的时候，它离我连十米都不到。”

“你是不是认为它想要攻击你？”

约翰尼摇了摇头说道：“一开始，我是认为它想要攻击我，但是现在我不是很确定了。因为，当时我只拿了一根木棍，它要是想袭击我，我就不可能安然无恙地回来了。所以说，它很有可能只是想跟踪我。”

阿利斯对约翰尼的说法表示赞同，他说道：“有这种可能。”接着，又疑惑地补充道，“听起来又似乎不大可能。因为狮子在跟踪人的时候，通常不会离人那么近。走，还是让我们一起到那里去看看吧。”

“好的。”

约翰尼回到自己的房间，脱下校服，穿上了打猎的衣服，套上了毛线袜，穿上了派克靴，然后从架子上取下步枪。当约翰尼和爷爷离开房子的时候，两只老猎犬悲伤地望着他们渐渐远去的背影，因为它们也想一起去狩猎。但它们现在已经太老了，再也不能进行艰苦的狩猎活动。

约翰尼和爷爷一起大步向那条小路走去。这一次因为有爷爷在身边，所以他不再害怕了，反而变得非常勇敢。而且，他带着步枪，并知道如何开枪射击。之前在这条路上时，他非常担心狮子会出现，而现在他真希望狮子赶快现身。约翰尼将阿利斯带到了那些常青植

第一章

物生长的地方，踩着自己之前留下的脚印。爷爷弯下腰仔细地查看着雪中留下的狮子的爪印。当他直起腰后，眼神中流露出了疑惑。

阿利斯低声含糊地说："我也搞不懂，所以没办法告诉你这头狮子到底是怎么想的，或者它打算做些什么。据我所知，可能它自己也不知道到底想干什么。但是，可以肯定的是，这头狮子块头很大，如果让它留在这里，我们绝对不安全！"他瞟了一眼昏暗的天空，接着说，"今天太晚了，不能放猎犬出去追踪了，明天再追吧。吃过晚饭后，你去找杰克·凯恩，将此事通知他一下。"

二　狮　子

狮子的脑海中填满了对过去的痛苦回忆，它心里的仇恨永远都不能抹去。

它现在已经是一头成年狮子：体重超过了90千克，动作灵活，肌肉发达，正处于力量的巅峰时期，也是一生中最成熟的阶段。在早期的印第安地区，到处都有大量的猎物。只有在那时，才会有体形庞大的山狮在悬崖一带徘徊。它们之所以能够长得那么大，一方面是因为食物充足，另一方面是因为当时还没有出现任何猎犬队。直到白人将这个物种——猎犬带到这里，这些猎犬才开始在色彩斑斓的绝壁和小山之间猎捕狮子。

这头狮子也和印第安时期的狮子一样，从来都不缺食物。但是，它的食物大多都不是自己猎捕到的，而且，它的生活方式也与悬崖上的其他狮子不一样。

它的妈妈是一头毛发柔滑、亮泽的年轻母狮，它是妈妈产下的第一只幼崽。当时，母狮到处寻觅，终于在高耸的山脉一侧找到了一个安全的兽穴。就是在那里，小狮子出生了。刚生下来的时候，这个小东西好奇地蠕动着自己那带斑点的小身体。它是那么小，即使杰克·凯恩将它捧在手中，还有余地。然而，每一天，甚至每个小时，它的身体都在生长。因为母狮只有它这一只幼崽，当时猎物又充足，所以小狮子有吃不完的奶。

渐渐地，它变得越来越独立。看到妈妈在猎捕鹿，它也野心勃勃地想要去抓一头。于是，它总是追踪猎物，尝试去捕猎。但是，它的捕猎技巧还不成熟。它总是太心急了，要么不合时宜地移动，要么过早地发起攻击，这些举动都出卖了自己，白白让猎物逃跑了。尽管如此，它还是捕到了几只兔子和数不清的蚂蚱。初秋前，它终于捕到了平生第一头鹿。然而，这也完全是出于意外。

当时，母狮正在潜行着慢慢靠近猎物，捕猎已经成为它每天都要做的事情。当母狮向鹿群冲去时，幼狮听到了受到惊吓飞奔的鹿四处逃窜的脚步声。就在这时，一头小鹿受到惊吓慌不择路，差点儿从小狮子的身上跳过去。于是，小狮子迎面扑上去，将小鹿压倒在地，小鹿只能无助地倒在一边。

对于小狮子来说，能撞到一头小鹿算是幸运。倘若是一头成年鹿，小狮子很有可能就没命了。但是这头小鹿就像猎捕它的小狮子一样，毫无经验。小狮子用四肢将小鹿按住，锋利的爪子用力地刺进小鹿的皮肉中，让小鹿无法动弹。然后，它用结实的下颚找到了猎物的脊椎骨，用尽全身力气咬了下去。当牙齿穿透小鹿的脊柱并咬合住时，小鹿断了气，一动不动地瘫在那里。

这时，母狮捕猎失败，空手而归。它走到小狮子捕到的猎物面前，想要一起吃。可是，小狮子并不愿意与妈妈分享自己的猎物，它蹲在自己的猎物面前，朝着母狮咆哮。母狮顿时勃然大怒，用一只大爪子在小狮子面前猛地挥了一下，小狮子马上就丧失了全部斗志。于是，它和妈妈分享了食物，并且也得到了教训。

冬天悄悄来临，大雪纷飞。母狮和小狮子一起在荒野中悄然潜行，寻觅着食物。有时候，它们吃得饱饱的；而有时因为找不到食物，它们只能挨饿。因为到了冬天，山上鹿的数量减少了，就算有鹿出现，它们也变得比夏天更加谨慎。而这些鹿偏偏又是狮子们赖以生存的主要食物来源。冬天将至的时候，许多鹿都下山去了低地。但是，母狮并不愿意跟着它们一起下山。

因为饥饿难耐，母狮最终被迫下山觅食。但是，它彻底改变了以前的捕猎方式，小狮子在刚开始时并不能理解妈妈这样做的原因。当它们住在山上的时候，它们愿意去哪里就去哪里，愿意什么时候出来就什么时候出来。但是在低地，母狮只在晚上才出来捕猎。它很小心地避开大农场和分散的房屋，只在鹿群过冬的灌木丛中活动。虽然它们只在低地的局部活动，但是这里的食物远远比高处多，两头狮子总是能把肚子填得饱饱的。

一天，在它们吃过东西，正躺在灌木丛中休息的时候，母狮突然抬起它那光亮的头。因为小狮子已经习惯于模仿妈妈的一举一动，所以它也顺着妈妈的目光望去。它们所处的灌木丛位于峡谷一侧的边缘。此时在峡谷的另一侧，有一种生物正在走动，而小狮子从来没有见过这种生物。在小狮子看来，那是一种行动缓慢、单调乏味的生物，感觉不会对它们造成任何伤害，因此它对这种生物毫无兴趣。这是小狮子平生第一次见到人。

但是，这个人的到来，就是一场突如其来的灾难。

昨天晚上，母狮猎杀了一头鹿，它和小狮子一起吃得饱饱的。随着天色渐渐明亮，它们进入一片灌木丛，这里离刚才被杀死的猎物有500米远。它们蜷缩着身体打算好好休息一下。整个早晨，它们都没有被打扰。到了正午的时候，小狮子听到了一种声音，它以前从未听到过这样的声音。

那是一种悲伤的、此起彼伏的声音，让它有种莫名其妙的恐惧。

小狮子感觉脖子上的毛发都竖了起来。它不知道自己刚才听到的其实是猎犬的吼叫声，也不知道猎犬已经闻到了它们的气味。但是，它知道这些声音距离妈妈昨晚捕杀的猎物并不远。

母狮毫不犹豫地从灌木丛的另一面悄悄溜了出去，并跑了起来，小狮子紧随其后。但是，它们跑得并不快，因为尽管狮子能够在几米的距离内速度惊人，但是它们的高速奔跑坚持不了多久。因此，它们尽可能地轻跳着奔跑。就在它们身后，猎犬那隐隐约约的吼叫声在山谷中回荡着。

突然间，猎犬的叫声不再时有时无，而是变得非常尖锐和急切。一只猎犬不间断地叫着，因为它找到了母狮和小狮子刚刚休息过的灌木丛，发现了它们的气味，而且这些气味现在还很新鲜。接着，又有一只猎犬叫了起来，犬吠声此起彼伏。

母狮加快了脚步，跑得更快了。空气中弥漫着它绝望的恐惧，这种恐惧也传染给了小狮子。它从未见妈妈害怕过任何东西，但现在它感觉到这种强烈的恐惧感快让它窒息了，于是它也加快脚步，飞快地奔跑着。

猎犬的狂吠声听起来越来越近了，但当母狮费力地爬上一棵树后，小狮子却继续盲目地跑着。它不知道自己到底要跑向哪里，只知道自己必须跑，必须离开这里，没有什么能够让它停下脚步。

这时，小狮子听到奔跑着的猎犬突然停了下来，它们在妈妈刚才停下来的地方狂吠不止。其中一只猎犬发出了尖锐的、极度痛苦的惨叫，然后，就只剩下一只猎犬在继续不停地狂吠着。又过了一会儿，那仅剩的一只猎犬也发出了惨叫声。

接着，小狮子听到了一阵枪响，然后，一切声音都没了，只剩下死一样的平静。

它没有停下脚步，因为它被吓坏了，逃跑是自救的唯一办法。两只猎犬都死了，它们被母狮开了膛，肠子都露了出来。那个人用枪将母狮射杀了。但是，没有了猎犬，猎人是无法独自追赶上狂奔着的狮子的。

当小狮子最终停下来的时候，它已经跑得上气不接下气了，累得没有力气再动一下。它现在的位置距离妈妈和猎犬对峙的地方已有好几千米远了。但是，它依然非常惊恐，非常焦虑不安，因为它以前从未独自待过。不过，它说什么也不会再回去了。它想，妈妈一定会过来找自己的。

小狮子在那里呜咽着，感到非常孤独。它躲进了一片常青灌木丛。跑了这么久，它感到自己已经筋疲力尽。尽管很饿，但它已经没有力气去找食物了。于是，它就躺在常青灌木丛里睡着了。

当它醒来的时候，它依然感到困惑和烦恼，因为妈妈不在身边。但是，它又不敢回去找妈妈，因为它太害怕了。那些猎犬可能就在那边等着它呢。于是，它开始在周围捕猎。但是，小狮子还没有掌

握好捕猎的技巧。它笨拙地冲向一群鹿，鹿群轻而易举就避开了。那一天，它从早到晚都在尝试着偷偷靠近猎物，但是所有的猎物都逃跑了。三天过去了，小狮子依然没有抓到任何猎物，它一直都饿着肚子。就在这时，幸运再一次降临。

一个技巧欠熟练的猎人向一头行动敏捷的雄鹿开了一枪，但只是让它负了伤，雄鹿成功逃脱了猎人的捕杀。但是，经过长时间的奔跑后，它的力气慢慢消耗殆尽，身体很快变得非常虚弱。在几乎任何东西都可以将它推倒的时候，饥饿的小狮子跌跌撞撞，毫不费力地把它绊倒了。雄鹿应声倒地，于是小狮子在接下来的时间里，一直待在雄鹿旁，直到将这头雄鹿全部吃完，才开始继续寻找新的猎物。

刚开始的时候，小狮子的运气很差，没有抓到任何猎物，也真正体会到了饥饿的含义。后来，它碰巧发现了另一头狮子所捕杀的猎物，就吃了起来，吃完后马上就跑了。因为它知道自己擅自侵入了那头狮子的领地，倘若被抓到，一定会遭到严厉的惩罚。

小狮子走到另一个地方，在这里，它的运气变得更好。一个猎人杀了很多头鹿，并将内脏都留在了雪地上。尽管这些内脏已经结冰，也不好吃，但是至少可以解决它的饥饿问题，维持它的生命。后来，迫于生存的需要，它的捕猎技能一点一点地提高了。尽管，它在追捕鹿的过程中多次失手，但仍然捕到了很多猎物。因为有肉吃，它长得并不瘦弱，不然它无法对抗恶劣的天气。到了隆冬季节，它的捕猎技能已经相当好了。

就在这时，猎犬又一次跟了过来。

当时，小狮子正躺在一块凸出的岩石上，沐浴着冬日的阳光，感到分外温暖。突然，它听到猎犬就在它昨天晚上捕到的那头猎物旁边吼叫，它马上变得非常恐慌。这是它第二次听到猎犬的吼叫，对现在的小狮子来说，没有什么比这种声音更可怕，更能让它不寒而栗。于是，它顿时站起身，在雪中大步跳跃着扬长而去。就像上次一样，由于惊吓过度，它慌不择路地跑着，脑子里唯一的想法就是尽可能远离那些猎犬。

当猎犬跑到它刚才躺过的那块岩石上时，它听到刚才那断断续续的犬吠声变成了一种特别急切的吼叫。于是，它猛地加快了步伐，跑得都快喘不过气来了。小狮子跳到一棵松树上，挺直了身体，一直爬到树的中间位置才停下来，并努力地让身体紧贴在树上。

它听到猎犬跑过来的脚步声，由于无法控制住自己蠢蠢欲动的好奇心，它从树干后面偷偷瞄了一眼。它看到四只黑色和黄褐色相间的猎犬，这些猎犬聚集在树下，不断地吼叫着，令它感到局促不安。它们试图跳到树上，但每次都跌落下去。看到它们徒劳无功，小狮子松了口气。然而，即使待在树上，它也不能确定自己就安全了。不过，很显然，这些猎犬是不会爬树的。

半个小时后，三个人赶到了这里。小狮子用疑惑的眼神望着他们。它从来没有见过这么多人，也没有和他们真正碰过面，仅有的一次就是远远地看到一个人穿过峡谷，还有就是自己会不时地踩到人类的脚印。所以，在它的印象中，没有什么能够证明人类是危险的，倒是那些猎犬看起来更让它感到害怕。

这时，其中一个人喊道："那是头小狮子，把猎犬拴好，我们把它活捉了！"

让小狮子大为吃惊的是，其中两个人抓住那些猎犬，然后将它们拴在了树上。它仔细地观察着这些人，第一次产生了一种不安的感觉——它发现自己之前低估了这些人。然而，尽管它非常害怕，但仍然充满强烈的好奇心，想要亲眼看一看接下来还会发生什么。

其中一个人将一卷绳子挂在肩膀上，然后开始爬树。小狮子见状，连忙沿着树干继续向上爬。然后，它突然改变了主意，开始向一根树枝的枝丫爬去。但是，当树枝因为负重而摇摆着向下弯曲时，它开始害怕起来，停下来用四只爪子紧紧抓住树枝，并本能地张开嘴朝着爬树的人咆哮。让它感到欣慰的是，那个人根本没有往树枝方向爬，而是继续沿着树干向上爬。小狮子用紧张不安的眼神望了望被拴在树上的猎犬，然后将目光转向站在地面上的两个人，最后又慌慌张张地望了望树上的人。

现在，爬树的人所站的位置比它还要高。那个人双脚站在一根树枝上，背部倚靠着树干，手中握着绳圈在空中挥舞着，然后抛了出去。小狮子看到绳圈向自己飞来，就挥着自己的前爪，试图将绳圈猛击到一边。但当它扭动身体的时候，它所栖身的那根树枝就晃了起来，这让它感到非常害怕。于是，它将所有的注意力都放在抓住树枝上。与此同时，绳圈也在它头上停了下来，套在了它的脖子上，然后被收紧。接着，猎人猛拉了一下绳子，小狮子突然被悬空着吊了起来。

它不断地扭动着身体，挥舞着爪子，挣扎着想要喘口气。但是，它整个身体的重量都位于套在它脖子上的那根绳子上面，它感觉自己都快窒息了。它的舌头伸在外面，头猛烈地晃动着。过了好一会儿，它终于失去了知觉。

之后，它被放了下来，瘫倒在雪地中。几个猎人将它的四肢拉直，用绳子捆在了一起，然后将一根棍子横着塞在它的口中。小狮子非常无助，它一点儿也动不了，唯一能做的就是眨眨眼睛。它依次看了看那三个人，又看了看猎犬。它的四肢被捆绑在一起，一根长长的绿色竹竿从它那被捆绑在一起的爪子下面穿了过去。其中两个猎人用肩膀扛着竹竿，小狮子悬在半空中，另一个人牵着猎犬在前边引路。

当时，小狮子唯一的感觉就是恐惧，在恐惧之下又埋藏着深深的仇恨。他们将它的爪子捆得太紧了，这让它感到非常疼痛；它的舌头被嘴里的木棍紧紧地压在锋利的牙齿上，也很不舒服。小狮子也就是在那个时候埋下了对人类仇恨的种子。

猎人们扛着它在雪地里走了一个半小时，步履沉重而缓慢。他们偶尔会停下脚步，将它放下来，坐在路边休息。最后，他们到了高速公路上面，小狮子被随便丢在一辆小货车的后面。货车开进了一个没有暖气的车库，它就在那个冰冷的地方待了一整晚。

第二天清晨，小狮子重新开始了它的旅程。货车一直沿着公路开着，渐渐远离它出生的荒野，然后驶进人类居住的村庄。刚开始，每当货车经过其他车辆时，小狮子都会吓得直打哆嗦，后来，它慢慢习惯了，再有车经过的时候它就不再害怕了。即使是听到重型货车发出隆隆的巨大声响，它也不会过度不安。最终，货车停了下来，司机走下车。

他说道："汤姆，我给你抓了一头狮子。"

一个陌生的声音回答道："太好了，让我看一看。"

于是，小狮子被他们从货车中抬了出来，它四处张望着。附近有一座它以前从未见过的建筑物，在建筑物前面停放着几辆汽车。不一会儿，周围就聚集了一圈人，他们都好奇地望着它。小狮子不知道自己其实是被送到了一个汽车加油站，它也无法读懂一块标牌上的字到底是什么意思。事实上，这块标牌解释了它被送到这里来的原因："停！看看活的山狮！"

小狮子只知道这里的气味很难闻，它不喜欢这种味道，因为这种气味让它的鼻子很难受。而且，这里有很多它非常厌恶的人类。它被带到一个狮舍里，在这里，它的脖子被套上了一个结实的皮圈，皮圈和一根拴在狮舍中的铁链相连。最后，那个将小狮子带到这里的人拿走了放在它嘴里的那根棍子，同时也把捆住它爪子的绳子割断了。然后，那个人赶紧跳着跑开了。

小狮子现在不再处于危险之中，它只想赶紧藏起来，于是它立刻跳到狮舍之中，因为这是它能看到的唯一的藏身之地。自从它被捕获之后，这是它第一次感觉到舒服一点儿了，之前简直就是折磨。

在它来之前，这里曾住过另外一头狮子，小狮子根据气味判断出，那是一头老狮子。小狮子并不知道，老狮子已经死了，而自己

第二章

之所以会被带到这里，就是要替代老狮子成为汽车加油站吸引顾客的工具。

直到深夜时分，当周围的一切都安静下来的时候，它才冒险走出了狮舍。在它可以够得到的地方放着一碗马肉，它走了过去，满心疑虑地闻了闻，又舔了舔。但是，它依然非常紧张不安。因为之前受到的刺激太大，它现在一点儿食欲都没有。它在铁链允许的活动范围之内放轻脚步走着，用渴望的眼神望着马路对面的一片松树林。它可以闻到那些松树所散发出来的味道，那是它所深爱的荒野家园的味道。现在，能够让它感受到家的感觉的也只有那些松树了。

第二天早晨，它正躺在狮舍中，突然听到一辆汽车停下来的声音和一群人说话的嘈杂声。它看到他们弯下腰，顺着狮舍往里面看。小狮子见状，立刻惊恐地往后退到离他们最远的角落里。这时，汽车加油站老板拿来一根很长的杆子，在杆子的一端有一个钩子，他用钩子钩住了铁链的一环，硬是将小狮子从狮舍拖到了露天的开阔地。就在刚才拖拽的过程中，小狮子的身体一侧被狮舍的门框给刮伤了。这时，另一个人从狮舍门框上方拉下一块门板，这样小狮子就没办法回到里面了。

人们见到小狮子出来了，就特别害怕地向后退了退。小狮子在狮舍外的拐角处畏畏缩缩地转来转去，然后心神不安地趴了下来。它感到身体受伤部位正阵阵作痛，这让它很痛苦，而且它仍然被强烈的恐惧包围着。不过现在，它的内心又不断萌生出愤恨。它多么希望有个地方可以躲起来，因为它极度不愿意待在这里。它用尾巴末端狠狠地抽打着地面。

它花了一个月的时间才适应了这里的生活。现在，每天晚上它都会出来吃东西，而每天白天它也会主动冒险从狮舍中走出来。之前，每当夜晚到来的时候，在黑夜的掩护下，它都会尝试逃脱。但经过几次徒劳的尝试之后，它发现铁链和皮圈太结实了，根本无法扯断。所以，它就停止了任何尝试。它还发现，尽管自己厌恶这里的一切，但很显然，它在这里是安全的，没有人会伤害它。

小狮子有时候会趴在狮舍前面，有时候又会趴在狮舍的顶上。许多前来看它的人都能注意到，它眨着眼睛，看起来满眼的睡意。如果他们认为它真的是困了，那就大错特错了。小狮子在看着他们的时候，其实也在研究他们。它知道人类是危险的动物，不然自己就不会被抓来关在这个讨厌的地方了。但是，经过细心观察后，它发现人类也是有缺点的。

日复一日，年复一年，小狮子每天都趴在狮舍前，观察着人类，研究着他们的各种习惯。因为总是有充足的食物，所以它长得非常结实和健康，野生的狮子是无法长得像它那么健壮的。

每天晚上，在汽车加油站关门后，高速公路上也少有汽车经过时，小狮子都会站在自己的狮舍前，盯着马路对面的松树林。每当它

第一章

盯着那些松树看的时候，都会觉得浑身劲头十足，也不再睡眼惺忪，眼睛炯炯有神。它从未放弃摆脱铁链、重返荒野的强烈愿望，一直都渴望着重获自由。就在它被抓后的第三年，幸运女神终于眷顾它了，它难得有了一次可以重获自由的机会。

那是一个炎热的夏日，当时，狮子在狮舍前趴着，昏昏欲睡地打着盹儿。这时，一辆蓝色的大型汽车在加油站前停下了。汽车的前排坐着一个男人和一个女人，后排的座位上卧着一只黑色和黄褐色相间的狗。就在汽车快要停下来的时候，那只狗突然跳下车，向趴在那里的狮子冲了过去。

狮子已不再是当年那只胆小的幼兽，现在，它已经完全成长为一头成年狮子，高大而结实。那只狗在它面前跑来跑去，狮子等待着时机，蹲伏在那里咆哮着。等到狗走到它的控制范围之内，并且根本无路可逃的时候，它挥起一只前爪，向狗的脑袋猛拍了两下，然后张开血盆大口，咬穿了狗的脑袋。这场战争几乎在刚开始时就注定了结局。

见到自己的狗被狮子咬死，狗主人使劲挥动着手中的热水瓶，尖叫着朝它冲了过来。狮子见状向后退了几步，腾出空间，好让铁链勒得不那么紧。加油站老板看到狗主人的举动，就大声喊着，警告狗主人不要靠近狮子。那个人却歇斯底里地跑到狮子面前，根本没有注意到自己已经在狮子的控制范围之内了。

狮子被激怒了，它站了起来，不顾一切地扑出去。每次向前跳跃的时候，它都感觉背后的铁链把它的脖子勒得紧紧的。虽然铁链把它控制住了，但是皮圈现在已经老化磨损了。这时，皮圈突然啪的一声断了。转眼间，狮子就将吓得面无血色的狗主人按倒在地。它本可以咬死那个人，但当它发现自己期待已久的自由终于来临时，就顾不了那么多了。它马上跳跃着穿过高速公路，向松树丛林跑去。

　　它到了松树林的尽头，在穿过了一片田地之后，它发现自己处在一片阔叶林中。它在阔叶林中走了很久才放慢了脚步。那一晚，它发现了一群咩咩叫的羊，于是轻而易举地抓到了一只，美美地享受了一顿大餐。幸运的是，农民和汽车加油站的老板都没有想到要去请一名有经验的猎狮人，带着训练过的猎犬去追捕狮子；倒是有几名没有太多经验的猎人自愿去追捕狮子，却总是很快被狮子远远甩在后面。

　　狮子继续前行。除了逃跑那一天，在接下来的日子里，它只在夜间出没。太阳升起后，它就躺下来休息。在被囚禁的三年中，它学到了很多，其中一条就是人类在黑暗的时候，视觉和嗅觉都会变得很弱。所以，每当夜幕降临，它就感到非常安全，经常走在离人类住宅只有数米的小路上。有一次，它甚至在夜里横穿了一个村庄。

　　在逃跑过程中，它曾两次被农场里的狗攻击，那些狗冲着它狂吠。不过，对它来说，那些狗只是些无关痛痒的小烦恼。尽管亲身

第
一
章

经历告诉它，被狗追踪的时候，千万不可以再爬树。现在，它已经不害怕任何狗了，如果遇到狗冲它狂吠，它就直接咬死它们，然后继续赶路。它根本不喜欢待在这个地方，当然也不会留在这里。

它在旅途中发现什么猎物就吃什么猎物，看见牛就吃牛，看到羊就吃羊，有一次还抓到一匹马。现在，它已经离汽车加油站足够远了，它逃跑的消息还没有传到现在它所在的地方，所以人们将那些被猎杀的牲畜都归罪于成群出没于附近的野狗。

在逃跑两周后，狮子猎捕到了它获得自由后的第一头鹿。在靠近猎物的过程中，它没有出任何差错，也没有错过最后一击。它已经重新掌握了在早年的捕猎训练中学到的技能，而且，旅途中所经历的一切让它变得更加坚强。尽管这一带有鹿出没，但是附近仍然有太多人类居住，狮子讨厌他们的气味。所以，它继续前行，一直走到悬崖周围，然后，它心满意足地留在了那里。

狮子现在已经将人类及他们的行为方式了解得很透彻，并知道如何运用这些知识。作为一头阴沉而危险的野兽，它已准备好将悬崖一带作为它的王国，与所有挑战它的生物进行抗争，并肆意突袭所有的猎物。

三　红毛幼犬

约翰尼又吃了一份阿利斯做的薄片苹果派，然后安心地叹了一口气，将盘子推回到桌子上。刚才发现那头狮子在跟踪自己的时候，他神经紧绷，感到非常不安。现在，那种感觉已经消失了。他确信那头野兽会跟踪他，仅仅是出于好奇心，而它之所以离自己那么近，也是因为它以为自己没有被发现。所以，当他手握棍棒叫喊着，打算和它决斗的时候，它也马上撤退了。

约翰尼咧开嘴笑着说："当我像预告死亡的女妖精一样，尖叫着向那头狮子冲过去，而它也被吓得落荒而逃的时候，我想我们两个看起来都太可笑了。"

阿利斯摇了摇头说："如果你不那样叫，情况也许就没有这么好笑了。狮子的勇气可是一触即发的，也许，它本打算攻击你，而你朝它那么一叫，就改变了它的想法。"

"您的意思是，它真的想要攻击我吗？"

"我没有这么说，我是说它有可能想要攻击你。虽然我已经在这一带的森林中生活了七八十年，但是我仍然无法告诉你那些动物到底是怎么想的。其他人也无法回答这个问题，就连杰克·凯恩也不能，虽然这是他的职业。"

"我觉得那头狮子并没有想做什么。"

阿利斯哼了一声说道："在我还是你这个年龄的时候，我也觉得自己知道的东西很多，是现在的两倍。带着你的步枪，牵上帕特和桑德，去找杰克吧。当然，别忘记带上手电筒。"

"帕特和桑德太老了，带上它们有什么用？"

"如果那头狮子再跟踪你，那么它们中任何一只都会让你提前知道的。狗的嗅觉灵敏度是我们人类的六倍，你还是带上一只猎犬吧。"

"好的，祖父大人。"

"不要叫我祖父大人！"

约翰尼咧开嘴笑了笑说："好吧，祖父大人。"

约翰尼偷偷地看了一眼爷爷，他不知道爷爷到底多大年纪了，其实就连爷爷自己也不知道他到底是78岁，还是83岁。不过，他确实非常老了，但和他开开玩笑还是没有关系的。

约翰尼起身穿上自己打猎的服装，在腰带上挂了一支手电筒，又从架子上取下步枪。然后，他拿来一根短皮带，将皮带上的扣环啪的一声扣在了老桑德的脖子上。桑德也挺喜欢出去走走的。

现在，没有狮子在身边，他可以将整件事情再仔细地想一下。想起自己当时的举动，他就觉得非常愚蠢。

约翰尼发现雪已经小了很多，只有微风轻轻地吹着。但是，离开明亮的房子后，外面简直是伸手不见五指。约翰尼突然意识到，有桑德陪伴在身边真好。

走了大约500米的路后，他们终于到了杰克·凯恩的家。

杰克家的房子建在远离公路的一片松树林中，因为杰克喜欢这样的环境。他出生在一个羊群放牧区，一生的大部分时间都生活在人烟稀少、远离城市的边远地带。虽然在现代社会，柏油公路上行驶着流线型的汽车，人们头顶上飞着喷气式飞机，但是，比起汽油的臭味，杰克宁愿闻马的味道。

杰克的每只猎犬都被单独拴在各自的狗屋中。当发现约翰尼正向它们靠近时，这些猎犬就发出了雷鸣般的吼叫声。通过声音，约翰尼认出它们分别是梅杰、多伊、罗迪和弗拉特。猎犬队的第五个成员萨莉和它的三只幼犬睡在了主人的房子里。约翰尼伸出手抚摩着桑德，这只老猎犬表现得非常安静。在它年轻体壮的时候，曾经成功追捕过很多狮子。但那早已成为了过去，现在它低下头，满眼自豪地望着这些年轻的猎犬。

门打开了，杰克·凯恩站在门前，屋子里黄色的灯光映衬出他的轮廓。

他大声喊着："是谁啊？"

"约翰尼·托林顿。"

"哦，是你！快进来，约翰尼。"

杰克·凯恩的个子并不高，黑色的头发中夹杂着缕缕灰色。他那饱经风霜的脸被晒得黑黑的，脸上最突出的特征就是那双炯炯有神的黑眼睛。杰克今年55岁了，但他捕猎已经有四十多年了，他看起来比实际年龄更老。杰克体形修长而健壮，每当看到他的时候，约翰尼总会联想到一棵历经风吹雨打的大树。

"下了这么大的雪，我就猜到你会来的。不过，你来对了，我打算明天一早就出去狩猎。"

桑德在炉子旁伸展了一下身体，无忧无虑地伸着舌头喘息着。三只两个月大的小狗跌跌撞撞地从房间后方的一个盒子里爬了出来，一只全身都是红毛，另外两只身上长有蓝色的斑点。它们充满好奇地望着桑德。接着，那两只蓝斑小狗急切地朝约翰尼奔来，玩起了他的鞋带。全身都是红毛的那只小狗却犹豫着，不敢靠近他。

"杰克，你打算去哪儿捕猎？"约翰尼盯着红毛小狗问道。

"现在还没决定。不过，下完雪之后，鹿群就会下山，狮子也会跟着它们下山。通常情况下，有大量鹿群出没的地方，捉到狮子的可能性就比较大。"

"其实，要想找到狮子的踪迹，你不必非得走那么远。在公路的尽头就徘徊着一头很大的狮子。"

"真的吗？"

约翰尼将他看到狮子并被狮子追踪的经过一五一十地告诉杰克，而杰克也聚精会神地听着。一只小狗咬着桑德的耳朵，并用力拉扯着。桑德咆哮了一声，作势要咬它一下。因为遭到了警告，三只小狗开始绕着屋子奔跑玩耍，你追我，我追你，玩得不亦乐乎。约翰尼注意到，那两只蓝斑小狗在奔跑中毫不畏惧地从自己身边跑过，那只红毛小狗却总是和自己保持着一定距离，不敢靠得太近。

"你是说你亲眼见到了一头狮子？"杰克难以置信地问道。

"我只见过它一次，或者说它只出现了一秒钟，根本没有停留很久。"

"听起来有些奇怪。因为狮子通常不会让人看到它们的，也根本不会停留在那里。我从没见过哪头狮子会主动出现在人面前，除非它是头愚蠢的小狮子。"

"它才不是小狮子，它是我见过的最大的一头狮子。"

"阿利斯是怎么说的？"

"他也不知道。他说他也没办法告诉我那头狮子到底想干什么，也不可能有人知道。"

杰克赞同地说道："他说得对，确实很难读懂那头狮子到底是怎么想的。但我不认为你当时处在危险之中。我猜那头狮子只是好奇心特别强，它只是想知道你是谁，你想做什么。我唯一搞不懂的是，它当时为什么会离你那么近，而且还现身了。也许那是一头叛逆的老狮子，不喜欢人类，所以故意现身吓吓你。不管怎样，它能迅速离开就很不错了。明天我们就去看看怎么对付它。"

三只小狗绕着房间赛跑，两只蓝斑小狗追逐着它们的红毛兄弟。

第一章

它们赶上它之后，就爬到了它的身上，然后朝它发出了幼犬那特有的、奶声奶气的叫声。这时，一只蓝斑小狗咬住了红毛小狗的后腿，而另一只蓝斑小狗则咬住了它的前腿，它们往相反的方向拽着。红毛小狗趴在地板上，被两兄弟用力拉扯着。

突然，红毛小狗跳了起来，用尖利的牙齿咬住一只蓝斑小狗耷拉下来的耳朵，并猛地使劲一拉。蓝斑小狗顿时发出刺耳的尖叫声，以示抗议。

红毛小狗看起来像是对这个过程感到了厌倦，坐在地板上悠闲地打着哈欠。那两只蓝斑小狗谨慎地绕着它转圈。它们已经得到了教训，下次再攻击红毛小狗的时候会更加小心。尽管红毛小狗还只是一只幼犬，但它已经教会两个兄弟要尊重自己。

约翰尼说道："这只小狗看起来不错，很可能会长成一只精干的

猎犬。"

杰克耸耸肩说道："现在它们还太小，无法确定它们以后会长成什么样。有些狗看起来非常好，但一到追踪捕猎的时候，就表现得很差。不过，那只红毛小狗看起来确实精力十足。"

"它叫什么名字？"

"我还没有给它想好名字呢。"

约翰尼咧开嘴笑了笑，说道："也许，它不会长成像梅杰那样出色的猎犬，但我打赌它一定是名精干的列兵。"

杰克用手拍了一下自己的膝盖，说道："你已经给它起了个不错的名字。我们就叫它'巴克'（在英文中'巴克'和'列兵'为同一个词）好了。看看它基本训练时的表现再说吧。"

约翰尼伸出一只手，打着响指招呼红毛小狗："过来，到这儿来，巴克。"

听到了约翰尼的招呼，两只蓝斑小狗立刻飞奔了过去，猛地冲向约翰尼的双手，就好像要把自己的整个身体都扔给约翰尼。那只红毛小狗却小心地在他身旁绕来绕去。它的举动没有显示出任何敌意，但也没有表达出任何友好。杰克看着活蹦乱跳的小狗，咯咯地笑了起来。

"没用的。除了我，它谁也不会靠近的。不过，你确实给它起了个好名字。"

那两只蓝斑小狗转过身继续嬉戏着，约翰尼用赞赏的目光望着红毛小狗。正如杰克所说，它还太小，不知道以后长大了会变成什么样。但是，它身上有一种自信的感觉，并且还有一个无法用价值来衡量的特征。那就是，它不会随便地跟随或听从任何人，它会一直忠诚于一个主人，而那个人正是杰克。

约翰尼问道："萨莉去哪儿了？"

"我刚才放它出去跑跑。现在它应该回来了。"

杰克站起身来，打开房间的门。但是，外面并没有猎犬。杰克站在门口等了一小会儿，萨莉仍没有出现。于是，他就朝黑暗中吹了声口哨，萨莉还是没有出现。然后，杰克就将门关上了。

"估计它在外面绕上几圈就回来了。也不能怪它，这些小狗简直太顽皮了。它肯定想脱身，让自己清静一会儿。"

"它们真的是非常调皮。"约翰尼表示同意。

门外的猎犬们又吼叫了起来，它们的声音越来越大，并充满着愤怒。它们疯狂地跳着，想要挣脱铁链，铁链发出了沉重的啪啦啪啦声。这时，黑夜中传出另一种叫声。

那是一种音调渐渐变高，近乎哀伤的叫声，那音调如此之高，以至于完全盖过了呼呼的风声和猎犬的狂吠声，而且那叫声中透着些许迫切感。发出这种叫声的动物似乎想要得到什么，而且不想被拒绝。杰克和约翰尼相视而笑，杰克走过去又把门打开了。

他们两个都知道这个声音是谁发出的。那是一只又大又强壮的老猫。它的名字叫老尼克，意思就是魔王撒旦，这个名字用在它身上真是恰如其分。它经常出没于峡谷中，每个人都认识它，尽管在这一带，猫并不受到人们普遍的赞赏，但人们尊重老尼克。虽说老尼克的长相没有什么吸引人的地方，但它至少足智多谋，具有不容置疑的勇气和鲜明的个性。

老尼克就是一个肆无忌惮的强盗，它总是和比自己更大、更健壮的野兽抢食物。山谷中的每只猎犬都曾追过它，但从来没有抓到过它。而且，老尼克似乎真的喜欢和这些狗斗智斗勇。它曾经三次故意在杰克的猎犬面前现身。就当时的情况看，它似乎是无路可逃了，但是每次它都能成功逃脱。然后，它会坐在一棵树上或悬崖凸出的岩石上，狡猾地看着那些满脸挫败的猎犬徒劳地在下边狂吠。

很多人都怀疑，老尼克除了会吃在荒野中捕到的猎物，还会偷吃幼小的家禽，但还没有人在它偷袭家禽的时候将它逮个正着。它整天到处流浪，每次都会消失数个星期。当它回来后，就会找个喜欢的房子住下来。现在，知道那些猎犬都被铁链牢牢地拴住了，它就越发明目张胆地在猎犬面前悠然地走着。它走到杰克家门前，想要在这场暴风雪中找个遮蔽的地方。

杰克打开门，只开了一道缝。老尼克走进屋子，抖了抖身上的雪。这只身经百战的老猫走到了地板的中央，坐了下来，然后就开始梳理自己的毛发。

杰克轻轻地吹了声口哨，说道："你看它，就像到了自己家一样。是不是啊，约翰尼？"

杰克曾经猎捕并杀过很多猫，各种各样的都有。所以，他对任何一只猫都没有什么真正的感情，但他不由自主地尊重这只猫。老尼克的块头比普通家猫要大一半，它忧郁、叛逆、饱经风霜，但骨子里透着一种傲慢和桀骜不驯。它完全无视屋子里的人和动物，就好像它才是这屋子的主人，其他人都成了入侵者一样。察觉到老猫这个不速之客的到来，老桑德抬起头，用凶恶的眼神望了望它，然后又躺下继续睡觉。

只要有饥饿的动物来到杰克的门前，他总是会拿一些食物喂它们。这次也是，杰克走到橱柜前，看看里面有什么可以拿出来喂它。

就在这时，约翰尼突然喊道："快看那些小狗。"

两只蓝斑小狗从箱子里站了起来，向外张望了几下，然后又回去睡觉了。巴克却站在地板上，四条腿紧绷着，用挑衅的目光盯着那只老猫。然后，它向老猫走了过去，胸腔中发出像是冒泡一样的咕噜咕噜声。

见此情形，约翰尼的脑海中突然浮现出老梅杰和萨莉将狮子逼入绝境的情景。但是，现在红毛小狗巴克与老猫尼克之间根本算不上是一场争斗。因为，老尼克可以在数秒之内将这只鲁莽的小狗置于死地，它看起来也确实愿意这么做。约翰尼提心吊胆地将目光从小狗身上转到老猫身上。

老尼克待在原地不动，一边用舌头舔着自己的毛，一边盯着红毛小狗。它们的目光中都充满了对彼此的轻蔑。老尼克曾经见过并攻击过很多难以对付的危险敌人，这只愚蠢的小狗实在不值得它将刚刚梳理整齐的毛发再弄乱。

就在巴克昂首阔步地向老尼克走去的时候，还没等杰克和约翰尼采取行动，老尼克已经站起身并跳了起来。它伸出前爪准备攻击。就在这一刹那，杰克向老尼克跑了过去，嚷了一嗓子，想将它赶走。

但老尼克已经跳起来并扑向了巴克。它落在巴克刚才站的位置上，虽然巴克已经不在那里了。因为不能像成年猎犬那样飞快地转身或躲避，巴克只能打着滚逃过了一劫。虽然如此，老尼克的爪子仍然划破了巴克的皮肤，在上面留下了两道血痕。

巴克站起身来，它完全愿意继续进行这场战斗。但就在这时，杰克猛冲过来，将它从地板上抱了起来，然后粗声说道："你这个小傻瓜，还没等自己长大，就想被别的动物杀了吗？"

尽管嘴里说着严厉的话，但杰克这个老猎人其实为这只小狗感到非常自豪。在过去四十多年的捕猎生涯中，杰克养过很多猎犬，并跟着它们到处寻找猎物。但是，他从没有见过这样一只狗，在如此小的时候就已经有了这么强烈的捕猎意识和战斗本能。抱着仍在

第一章

怀里挣扎的巴克，杰克打开了门。

他召唤着那只老猫："过来，尼克。重新再找个地方过夜吧。"

老尼克走到门外，但依然是满脸的蔑视。关上门后，杰克将巴克放了下来。巴克急忙奔到刚才老尼克卧着的地方，去闻它留下来的气味，然后顺着气味走到门前，接着又走了回去，在那儿转着圈，就好像刚才错过了什么似的。

约翰尼说道："不会吧？它现在就在追踪！"

杰克应和着表示同意："它做得没错。"

两只蓝斑小狗在盒子里不安地翻腾着，并发出呜呜的声音。巴克也回到盒子里，加入兄弟们的队伍。三只小狗哀伤地呜咽着，似乎是肚子饿了。

杰克发着牢骚："可恶的萨莉，早就该回来给小狗喂奶了，我想我最好出去找一找它。没准它遇到了什么麻烦。"

约翰尼提议道："我要和你一起去。"

杰克将一块木板放在盒子上面，防止三只小狗从盒子里爬出来乱跑。就在他们两个穿上夹克，戴好帽子，约翰尼抓起他的步枪的时候，桑德用渴望的眼神望着他们。

杰克说道："它太老了，我们把梅杰带上吧。"

约翰尼轻声说道："待在这儿，桑德。"

于是，那只老猎犬又回到炉子旁边，舒舒服服地睡下了。杰克和约翰尼走到门外，外面正下着小雪。猎犬们用力挣扎着，铁链发出哗啦哗啦的声音。它们站在铁链能到达的最远的地方，满怀期待地等着主人的命令。当杰克解开梅杰的铁链时，其他几只猎犬都沮丧地发出了呜呜的叫声。

梅杰是这些猎犬中最出色的一只。就像其他猎犬一样，它体形瘦削，根根肋骨清晰可见。只有在强光照射下或者是它将头抬到特定角度后，你才能够看到它所具有的，也是所有凯恩猎犬共同的一个特征：在眼睛、鼻子和嘴巴的部分都有短而硬的刚毛。它们的祖先拥有好战的梗犬血统。尽管在任何狗的展览赛中，都没有评委承认它是纯种狗，甚至无法判断它具体属于哪种类型的狗。但所有有经验的老猎人都知道，杰克养的猎犬都是凯恩猎犬，而且也愿意拿出两个月的收入买下其中一只。

杰克有些犹豫地站在那里，漫天飞舞的雪花轻轻地打着他的脸。小狗们的妈妈到底在哪里，谁也不知道，它可能在任何地方。如果风向不对，梅杰甚至有可能在完全没有察觉的情况下从它身边走过。

最后，杰克做出了决定："我们先去公路那里找找看，说不定萨莉在路过那里时被行驶的汽车给撞了。"

他们沿小路朝着约翰尼家的方向走去，不一会儿就看见了约翰尼的家。阿利斯肯定已经睡着了，因为房子里的灯已经全都关了。然后，他们终于到了柏油公路上，约翰尼拿出手电筒在路面上寻找

第一章

着。路面上唯一的踪迹就是他在数小时前所留下的脚印，由于雪一直不停地下着，现在那些脚印也差不多已经被填平了。杰克将一只手放在鼻翼一侧，眉毛紧缩，说道："我怀疑它不会走这么远，但我还是喊一下它吧。"于是，他吹着口哨，用刺耳的声音喊着："嘿，萨莉！"

然后，他们转过身，踩着先前留下的脚印往回走。如果猎犬听到主人的召唤，它会跟过来的。约翰尼能够感觉到杰克很担心萨莉的情况，因为那是他的爱犬。现在，只要杰克愿意继续寻找，约翰尼就很乐意帮他一起找。

约翰尼问道："你现在打算去哪里找呢？"

"我们回家吧。没准它在我们离开的时候已经回去了。"

但是，当他们回到家的时候，发现只有那三只被铁链拴住的猎犬在那里迎接他们。杰克站在门前，思索着下一步该怎么做。他们回到房间里面，三只小狗听到他们回来后，就在盒子里发出饥饿的低吼声。

杰克开口说道："它不会在小溪边遇到麻烦的，我唯一能想到的会出问题的地方就是阿布·惠特利的牧场。阿布在乱麻牧区放养了几头牛，因此那里装了带刺的铁丝网。萨莉可能被铁丝网缠住了。"

就在他们蹚过浅浅的小溪时，杰克的三匹马正在用蹄子踢开地上的雪，啃着被雪覆盖的草。看到有人来了，它们就抬起脑袋，两

只前蹄离开地面，受惊般地腾跃而起。它们在手电筒光束外的黑暗处停了下来，转过身，抬起头，好奇地望着杰克和约翰尼。

约翰尼的手电筒发出了耀眼的光束，光束刺穿了黑暗，在漫天飞舞的雪中探寻着。北风轻轻地吹拂着他们的脸颊。天空看起来似乎在渐渐变亮，但是，这光亮其实是种假象，只不过预示着将会有更多降雪。白皑皑的雪反射到人的眼睛中，就会让人感觉天似乎变亮了。不过，如果雪下得太大，他们明天就很难上山了。

两个人踏着厚厚的雪走出了树林，然后进入了一片开阔的牧场，住在小溪边的农场主阿布·惠特利在这里养了几头牛。约翰尼迎着风眨了眨眼睛，借着手电筒的光线，他发现了一小群母牛和小牛。看到有光线照过来，这些牛吓得尾巴都翘了起来，笨拙地仓皇而逃，跑到了光束之外。而杰克则仔细地观察它们。

"有什么东西来过这里，这些家畜之前受到过惊吓。"

就在这时，梅杰的喉咙咕噜咕噜地发出了猛烈的咆哮，它使劲拽着杰克手中的铁链向前挣扎着。杰克和约翰尼只能跟着它向前奔跑。梅杰突然转了个弯，朝着小溪附近的一片云杉树林奔去。最后，它停了下来，全身的毛都竖了起来。约翰尼将手电筒的光线扫向猎犬所注视的方向。

就在这片常绿植物的边缘处，躺着一头死去的公牛和一只猎犬，积雪已经覆盖了它们尸体的大部分。

四　恶魔狮子

杰克·凯恩在那里呆呆地站着，一动不动，他咬紧牙关，脸部两侧的肌肉都鼓了起来。约翰尼可以感觉到这个老人失去自己的爱犬后的那种狂怒和伤心。当杰克最后终于开口讲话时，他的声音听起来就像在研磨沙子一样。

"你之前见过的那头狮子来过这里，约翰尼，是它杀死了萨莉。"

他悲伤地说着，就好像他根本不相信这是真的，"看好梅杰，把手电筒给我。"

就在约翰尼从杰克手中接过梅杰的铁链的时候，他感觉到这只猎犬在他旁边直打哆嗦。它并不是因为冷，而是因为紧张。梅杰清楚地知道这里之前曾经来过一头狮子，它能够感觉到那头狮子的威力，所以才吓得直打哆嗦。杰克非常缓慢地在那里走来走去，生怕漏掉一点儿蛛丝马迹。他走进云杉树林里，用手电筒朝那些绿色的树枝照了照，手电筒的光在黑暗中扫射着，就像一盏晃动的鬼灯。接着，他从云杉树林中走了出来，进入牧场，在那里绕了一个大圈子，四处寻找着什么，然后再一次回到了那片云杉树林。几分钟过后，他走到约翰尼的身旁，尽管他看起来还是那么愤怒，但说话的语气已经平静了很多。

"这头狮子体形庞大，二十几年来，我从未遇到过像它这么大的狮子。而且它非常狡猾和凶恶，并且了解人类，不然它就不会离你那么近了。但是，还有一些我无法搞懂的东西，它根本不像我曾经遇到过的任何一头狮子。它之所以能够长那么大，我唯一能想到的原因就是它很聪明。可是，如果它很聪明，那么它就知道你看到它了，所以，我猜它是故意让你看到它的。这样看来，我们遇到大麻烦了。"

"它是怎样抓到牛的呢？"约翰尼问道。

"在云杉树的掩护下。当时，那些牛正在树林里边躲避风雪，

第二章

这对狮子来说并不是什么大问题，因为那是个潜伏的好地方。这头狮子是个冷血的杀手，它在不加选择地胡乱攻击。在那边还躺着三头小牛和一头母牛，但它只吃掉了一头小牛。我从未见过狮子杀死猎物却不吃的。至于这边的这头公牛，很可能是为了保护其他牛而惨遭毒手的。"

"我们要不要把其他猎犬放出来一起追踪它？"约翰尼问。

杰克摇了摇头说："今晚就算了。现在下着雪，而且天又太黑，对我们俩来说，追踪会比较困难，这样会对我们很不利。也许这头狮子被猎犬逼入绝境后会爬上树；但如果它不爬上树的话，那么猎犬队的其他成员也会被它杀死的。更何况，现在我们还有其他事情要做。"

"什么事情？"

"那边的两头小牛和母牛刚死没多久，趁它们还没有腐烂，还可以吃，我们帮阿布宰了吧。他肯定不想要狮子已经嚼过的那头小牛和那头公牛。但是，喂狗是没问题的。"

夜晚一分一秒地过去，他们切开小牛的肚子放血，去除里边的内脏。当约翰尼的双手冻得再也无力挥刀的时候，杰克点燃了一小堆柴火。这样，他们就可以时不时地烤火取暖。处理好那些死牛后，杰克伸出双手抱起萨莉的尸体回家了。一会儿工夫，他又牵着两匹马过来了。约翰尼和杰克把绳子绕在两头小牛的脖子上系牢，让两匹马在松软的雪地上分别拖着，小牛的腹腔已经被打开，这样可以让热量释放出来。将两头小牛拉回家之后，他们又回去拉母牛。母牛的个头太大了，得两匹马一起才拉得动。最后是被狮子撕烂的那头公牛和那头小牛，因为这两头牛是用来喂狗的，所以他们就把尸体砍成碎块，以便携带。

当他们把尸体都处理完后，约翰尼的双手都麻了。他太累了，再也不能动了。杰克同情地望着他。

"进屋喝杯咖啡，可以让你恢复体力。"

他们进屋之后，三只睡眼惺忪的小狗听到主人回来了，也只是微微动了一下，打着哈欠，因为杰克刚才拖着牛的尸体往返房子的时候已经喂过它们了。杰克从炉子后边提起一个咖啡壶，往两个杯子里倒了些咖啡。约翰尼望了一眼钟表，已经两点半了。

杰克说："你已经疲惫不堪了，约翰尼。你确定早上还要和我一起出去狩猎吗？"

"当然啦！"

"好吧！不过，黎明前出发没有太大意义，我们就定在七点钟出发吧。假如你六点一刻到我这里，还可以和我一起吃早餐。我会提前准备好的。"

约翰尼捂着嘴巴打了个哈欠说："没问题。"

"不要忘记告诉阿利斯，狮子已经来袭了。因为明天得有人过去传话给阿布，让他到我家院子里把那头母牛和两头小牛运走。猎犬在那儿拴着呢，土狼不敢动它们的。"

"我不会忘记的。"约翰尼喝完了杯中的咖啡，说道，"我想我现在该回家了，我得休息一下。"

"你最好去休息一下。"

于是，约翰尼手中握着步枪，腰带上挂着手电筒，步履艰难地走回了家，桑德在他旁边步履沉重地跟着。当他们进屋后，桑德疲惫地倒在帕特旁边。约翰尼给爷爷留了一张便条，上面讲述了有关狮子来袭及屠宰小牛的事，然后，他就一头扎到床上睡着了。

第二天早上，当约翰尼向杰克家走去时，他看到杰克家的窗户透着明亮的光，因为天还没全亮，所以格外醒目。昨晚的疲惫和疼痛已经被抛到九霄云外，他用力地嗅着木柴燃烧所散发出的芬芳，这气味沁人心脾，提神醒脑。他走进屋里，发现杰克正弯着腰站在火炉旁，手中拿着一个长柄叉子。

"我听到猎犬的吠叫，就知道你已经在路上了。"杰克向约翰尼表示欢迎，"倒上咖啡，我们来吃早餐。"

杰克在盘子里盛满了小牛肝、培根和炸薯条，他们安静地吃着，吃了很多。前方等着他们的是白雪皑皑的荒野和一场旷日持久的狩猎。下顿饭可能要等很久才能再吃，如果现在不吃饱，他们会因为太饿而体力不支。约翰尼又拿了一片面包，在上面抹上黄油，然后用面包将盘子里剩余的残渣吸干净。盒子里的三只小狗发出像小猫一样的哀叫声。

杰克从炉子后边拿出一个容器，里面装着剩余的牛肝、面包皮及其他的各类食物，这些都是留下来喂狗的。他将容器中的食物倒进两个锡制的盘子中，然后把小狗从盒子里放了出来。三只小狗都跑到盘子那里吃了起来，长长的耳朵都耷拉在了盘子里。巴克叼着一根早先炖菜时剩下来的骨头，放轻脚步静静地走到一个角落里，趴在那里啃着。当两个兄弟抱着希望慢慢靠近它时，它发出小狗的那种奶声奶气的吼叫，警告它们离开。约翰尼见此情景，笑了起来。

"看样子它可以照顾好自己。我们走了之后，它们该怎么办？让它们在屋子里到处乱跑？"

"我也不知道它们能造成什么破坏，不过到现在为止还没有看到它们做过什么出格的事。我们出发吧。"

在走之前，他们将木质水池中的盘子清洗干净，并将盘子整齐地堆好，放在橱柜里。等到他们走出屋子时，天空已经慢慢变亮。猎犬们用期待的眼神望着他们。这些狗并没有发出任何叫声，也没有急不可耐地拽着铁链，它们看起来有些紧张。约翰尼知道，这些猎犬已经感觉到今天早上要去捕猎了，他感觉，此时的猎犬就像等着去上班的人一样。

杰克说："我们先抓两匹马。"

他的马仍在小溪对岸用蹄子扒着雪，啃着雪中的草。当它们看到杰克慢慢靠近时，就满眼怀疑地抬起了头。它们不喜欢工作，讨厌被抓，但杰克知道如何引诱它们。

他走过被白雪覆盖的母牛和小牛的尸体，进入挂着狗食的粮仓。约翰尼跟随其后，杰克递给他一个马笼头，他自己也拿了一个。然后，杰克抬起一个谷箱的盖子，抓起一个木勺，舀了半勺燕麦就走出了粮仓。他摇着木勺，勺子中的燕麦发出沙沙的声音。然后，他低声对约翰尼说："当马把头伸过来的时候，你就把笼头给它套上。别套那匹头上有火焰形斑纹的马，它有点儿瘸。"

"好的。"

这些马看着它们的主人，犹豫不决地站了一会儿，然后蹚过了还未结冰的小溪，甩着脑袋向粮仓奔来。它们互相挤着，将头伸到木勺边上舔着燕麦。约翰尼等待着时机，当杰克将自己手中的马笼头套在一匹强壮的栗色小马的头上时，约翰尼也同样将自己手中的马笼头套在另一匹马的头上。但是那匹马后退了一下，仿佛受到了惊吓。不过，约翰尼最终还是将马笼头套在了马的头上，并扣上了喉锁。然后，他将马拴在仓库墙壁上的一个楔子上，就在杰克的马的旁边。他们给马装上了马鞍。接着，杰克将猎犬放开了，他坐在马鞍上，若有所思地一动不动。

过了一会儿，杰克说道："我们不去牧场追踪狮子留下的痕迹了，因为雪已经下了整晚，脚印早已被雪覆盖，而且狮子也不会在那里待太久。即使它不害怕人类，但它现在已经吃饱了，肯定是躲在某个地方休息，它不饿是不会出来觅食的。我们还是去悬崖一带找找看吧。"

"去哪个悬崖？"

"沙子悬崖。那里是它能够找到掩护的最近的地方，而且那里也适合狮子待。"

于是，他们骑上马，沿着砾石公路走着，猎犬队跟在他们后面。这些狗非常紧张却又充满渴望，它们想跑起来，但是杰克让它们都跟在后面，直到他发出命令。他从砾石公路转进一个狭窄的、两侧都是岩石的峡谷中。岩石的缝隙中零零散散地生长着一些常青植物，它们看起来摇摇欲坠。

远方的高原上长满了黄松树，而在峡谷和高原之间则是一片密密麻麻的岩石，一些岩石已经倒塌并散落开来，另一些则像断崖一样高高地矗立着。这些密密麻麻的乱石和裂缝都是悬崖的一部分。对于一个初来乍到的人来说，这里简直无法通行。事实上，这里有很多小路，人类和猎犬是可以通过的，马却无法通过。想到这儿，约翰尼开始佩服杰克的策略。

在他们的上方是密密麻麻的岩石，这些岩石就像迷宫一样。因为上面布满了数百个大大小小的洞穴和裂缝，而任何一个洞穴或裂缝都可能成为狮子的藏身之处，它可以在那里舒舒服服地躺上一整天。风从峡谷一直吹到了悬崖的边缘，同时夹杂着飞舞的雪花，雪花飘落到黄松树上。如果猎犬爬到悬崖的边缘，就可以顺着风势闻到狮子的味道，找到它的藏身之处后，接下来的追捕就不会花太长时间了。因为狮子的胃里装满了牛肉，很沉重，所以在它被逼上树之前，估计也没有心情跑太远。

杰克说："马也只能走到这里了，我们就把它们拴在这儿吧。"

他们为各自的马儿卸下了马鞍和笼头，然后给它们套上缰绳，再系上桩绳。接着，他们将两匹马拉开一定距离拴好。这样，它们的桩绳就不会绕在一起了，也让它们远离周围的灌木丛，不然桩绳可能会缠在灌木丛上。杰克手中握着步枪，目光从杂乱的岩石一直扫向悬崖的边缘。

他说："狮子就在这里的一个洞穴中，它会找个干燥舒服的地方躺着。也许它认为这里足够安全，没什么能够打扰到它。不过，它马上就会知道被打扰的滋味了。我们上山，约翰尼！"

"我也是这么想的！"

他们开始往斜坡上攀爬，而猎犬则无比兴奋地嗅着从它们耳边轻轻吹过的微风。它们知道自己要去捕猎，但杰克还没有发出任何命令，只有等他发出命令的时候，猎犬们才能知道自己到底要追踪什么：狮子、山猫、熊，还是其他杰克想要追踪的动物。

这时，罗迪突然发出一声低沉的吼叫，并离开队伍，向前方冲了过去。杰克发出命令，召唤它回来。于是，罗迪耷拉着耳朵，夹着尾巴溜了回来，然后站在猎犬队后面两米远的地方。杰克严厉地望着它，它的尾巴就夹得更紧了。不一会儿，他们到了一片常绿灌木丛，一只正在休息的山猫从中跳了出来，因为它看到罗迪已经注意到了自己。这时，罗迪用询问的目光望着杰克，要抓住这只山猫是件很容易的事。

"待着别动！"杰克冲猎犬队咆哮着。

于是，这些猎犬就在原地围着杰克来回走动，但它们都转过头来，朝着山猫留下诱人气味的方向嗅着。杰克停下来喘了口气，约翰尼虽然还没到喘不过气的地步，但他尽量不表现出来，也在杰克旁边停了下来。

"杰克，如果不让它们捕猎，它们会不会丧失锐气？"

杰克点了点头说："如果我的猎犬队成员都很年轻，我肯定会让它们去追那只山猫。但这些狗都很老了，我必须让它们保存体力。如果现在就让它们消耗太多体力，一会儿去追捕狮子的时候，它们就没有任何力气了。尤其是梅杰，它非常聪明能干，但它就像我一样，已经老了。"

最后，他们到达了悬崖边缘，风儿夹着雪花迎面吹来，正好打在他们脸上。突然，一种味道扑鼻而来，是麋鹿的味道。猎犬们的鼻子比约翰尼的灵敏得多，如果他都能闻出来是麋鹿，那么猎犬就一定能够在悬崖下方的岩石迷宫中锁定狮子的位置。想到这里，约翰尼不禁觉得杰克的策略真的很明智。

但当他们费了很大力气到达悬崖边缘的时候，杰克看起来很困惑。他们已经走过了很长的一段路，风也一直迎面吹来，猎犬肯定闻得到各种动物的气味。但是，除了山猫之外，这里根本没有显示出任何狮子存在的迹象。这时，杰克停下来休息，他望了望悬崖边上滚落下去的碎石。

"我搞不明白。"他承认道，"它本应该在这些洞穴中，但事实上它不在这里。它到底去哪里了？"

"你觉得它会不会待在小溪附近呢？"

杰克摇了摇头说："它不会的。现在狮子的数量之所以不如从前，就是因为人们捕猎的力度加强了。每年春天出生的幼狮中，有三分之二到秋天的时候就都被猎杀光了。所以，现在很少能猎捕到真正的成年狮子。但是，这头不是什么幼狮，根据它留下的脚印，我可以断定它已经四岁了，甚至可能更大。这就意味着，它足够聪明，可以摆脱猎犬的追捕。所以，它不大可能会在小溪附近出没，它比我们还要狡猾。"

于是，他们开始往回走。就在他们登上一块高高的岩石的时候，梅杰突然停了下来，朝他们返回路线的垂直方向走了几步。杰克也停了下来，仔细观察着它。杰克知道一只出色猎犬的感觉，也知道他的狗不会无故离队，除非有个好理由。

梅杰又向前走了几步。这时，猎犬队的其他成员也来了兴趣。因为它们的鼻子不如梅杰的灵敏，所以到现在还没有闻到什么气味，但它们跟着梅杰出来狩猎已经很久了，深知它一定是闻到了猎物的气味。突然，梅杰不再怀疑，发出了愤怒的咆哮，刺骨的寒风直接灌进它的口中。然后，它转过头看着杰克，眼中充满了期待。

"去追吧，梅杰！"杰克催促道。然后，他转过头对约翰尼说："这回梅杰肯定是嗅到了狮子的气味。"

"你怎么知道？"

"如果是熊或山猫，它会发出另一种声音。我们终究还是找到了那个凶手！"

梅杰顺着那一丝微弱的气味小心翼翼地在风中走着。其他几只猎犬毫不犹豫地跟着它。它们消失在漫天飞舞的雪花中。

杰克站在那里一动不动，他确定这些猎犬正在追踪一头狮子。而现在，他必须决定大概要在哪里和它们碰面。当猎犬消失在白雪覆盖的远方时，杰克专心聆听着猎犬队首领的吼叫声。狮子应该在北方的松树林一带，而根本不在峡谷或岩洞里。这样的话，猎犬就会在森林的某处将它逼上树。在决定具体采取什么行动以前，杰克想知道狮子会在哪里被逼上树。就在他悉心倾听的时候，猎犬队似乎突然转了个弯，它们往西北方向跑去了。四只猎犬全都发出了坚定的吼叫声，它们终于找到了梅杰最初闻到的气味。杰克脸上露出了灿烂的笑容，转向约翰尼。

"我们现在去牵马，我已经知道狮子会在哪里被逼上树了。"

"你觉得那是不是我们要找的狮子？"

"肯定是。快走！"

于是，他们欢快地沿着与猎犬队相反的方向朝山下走去。悬崖附近的路因为被白雪覆盖，所以比较滑，人走着会比较危险，而马匹根本无法行走。不过，这里有几条畅通无阻的小径。杰克差不多已经知道猎犬会去哪里了，如果他们抄马儿可以奔跑的小路穿过去，就可以骑着马与猎犬队碰面，这样可比步行过去快多了。

他们拨开像屏风一样遮挡在路上的小型常青植物，来到了拴马的地方。但眼前的一幕让他们始料未及，两个人站在那里一动不动。

一匹马仰面躺在雪地上，两条前腿向上弯曲着，后腿则扭曲着瘫在一边。马身下流出的血已经被雪覆盖了一部分，另外一部分也早已在冰冷的地面上冻结。马身上留下了几道深长的抓痕，上面的血也已冻结。这一看就是那头山狮干的好事。

雪地上留下了连续踩踏的痕迹，可以看出另一匹马当时是发疯似的想要逃跑，它扬起后蹄四处窜着，直到终于拽断了拴住它的绳子。雪地上留下的马蹄印告诉他们，那匹马已经沿着狭窄的峡谷往家中飞奔而去。

约翰尼突然吓得冒冷汗，而且感到一丝恐惧。他觉得这头狮子根本不是一头野兽，而是一个恶魔，还是个诡计多端的恶魔。当他们带着猎犬上山的时候，狮子肯定早已预料到了，也知道他们想要干什么。它一定是站在某个高高的、凸出的岩石上，看着他们来到峡谷中。当杰克和约翰尼带着猎犬队上山的时候，它知道那个时候很安全，于是就在他们离开后攻击了马匹。

杰克紧紧地握着步枪，指关节因为太用力都发白了，与冻得通红的手形成鲜明对比。他来回四处搜索着，检查着山狮留下的脚印，脸上写满了狂怒。

"它就没上过悬崖！"杰克声音嘶哑地说道，"它一直都待在峡谷之中！这也是猎犬找不到它的原因，我们走得太远了。"

"那猎犬现在在追的狮子呢？"约翰尼问道。

"肯定是另一头狮子。约翰尼，就是花上一个冬天的时间，我也要抓到那头狮子，并把它的兽皮钉在我家粮仓的门上。走，去看看它留下的脚印！"

约翰尼走过去，仔细检查着其中的一个脚印，这脚印清晰地印在雪中。他感觉自己脖子后面的汗毛都竖了起来。脚印如此之大，比约翰尼的手掌还要宽，里面几乎没有什么雪，而且每个脚趾都清晰可见，这样的脚印肯定是一头庞大的狮子留下来的。

"让我们去追踪它！"他充满渴望地说道。

杰克摇了摇头，说："人是无法追到狮子的，我们需要猎犬的帮助。希望它们还在那里！"

"走，我们去找猎犬。"

他们踏着松软的雪走出了峡谷，爬过侧面的一个干涸的河谷到了崖顶，这可真不是件容易的事。刺骨的寒风使他们只能低着头前进，雪都已经没过他们的小腿肚了。在积雪比较深的地方，雪已经没过了他们的大腿。他们本来可以骑着马沿着顺畅的小径过去，但

是现在马不是死了就是跑了，杰克只好带着约翰尼抄最近的路，朝着他认为的猎犬所在的位置直接穿过去。

最后，他们终于到达了崖顶，然后准备再休息一下。杰克微微张开嘴，侧着耳朵专心致志地倾听着。风中并没有传来任何声音。就这样，一个小时过去了，直到他们听到了梅杰朝树上吼叫的声音。他们转过身，朝着声音传来的方向走去，但是过了20分钟，声音又停了。

现在他们已经能清楚地听到猎犬的叫声。从叫声判断，它们已经将狮子逼上树，并在树下狂吠着。通过叫声的不同，约翰尼分别认出了那四只狗。然后，他和杰克一起朝它们走去。

暴风雪中有时会突然非常安静，在这短暂无声的寂静中，梅杰的声音听起来就好似铃声。在确定了具体的方向后，他们转向了左边。杰克知道狮子上树的那片树林，也知道它具体爬上了哪棵树。他的猎犬已经在悬崖这一带追捕过一百多次猎物。除了他们最想抓到的那头体形巨大的狮子之外，几乎所有狮子的表现都十分相似。杰克知道它们喜欢在哪里跑，习惯在哪里出没。而它们之中，很多都会跑到那片树林。要么就是爬上同一棵树，要么就是爬上旁边的某棵树。

透过漫天飞舞着的雪花，杰克和约翰尼看到了前方的猎犬。狮子被逼到了一棵小松树上。旁边的一棵松树倒了下来，靠在这棵松树上。梅杰用它那短而粗的爪子抓住半倒的那棵树，它已经走到了树的中央。它前方的树干上的雪已经被刮掉，这说明它之前也往前爬了，而且比现在爬得要远，却摔了下来。在他们朝它看去的时候，它依然在那里爬着。它用爪子刮着那滚圆的、被雪覆盖的树干，但树干太滑了。它一下子又从上面摔到了树下，然后一瘸一拐地站了起来。

狮子的身体紧紧地贴着树干，只露出一点茶褐色的毛，一眼看上去就像是树干的一部分。它的头抬了起来，耳朵立着，保持着高度的警惕。它望着树下面疯狂吼叫着的猎犬，把注意力都放在了狗的身上，根本没有注意到猎人的到来。就在这时，只听砰的一声，狮子被猎枪打中了。它根本就没有感觉到子弹飞过来，然后子弹一下就穿透了它的脑袋。

狮子从树上跌落下来，就像一个软绵绵的、奇形怪状的棉花团子一样四肢无力地落到了雪中。猎犬冲了过去，当它们发现狮子一动不动的时候，它们只是应付差事似的嗅了一下，然后就坐在那里用期待的眼神望着杰克。梅杰起身绕着猎犬队转了一圈，它的右腿离开地面了，走起路来一瘸一拐的。杰克将他的步枪靠在一棵树上，双膝跪地仔细检查着梅杰那条受伤的腿。当他将目光转向约翰尼的时候，满脸都是怒气。

"今天算那头大狮子走运。"

"梅杰伤得严重吗？"

"不严重，但它跑不了多久了。没有它，我不会让其他三只猎犬去追捕一头那么大的狮子。不然，它们一定会陷入麻烦中。"

杰克非常熟练地剥掉了狮子的头皮。只有在旅游旺季的时候，狮子的毛皮才值钱。但是现在这个时候，只要你抓到一头狮子，就会得到40美元的奖励。如果你想获得这个奖励，只需上交狮子的耳朵和头皮。

"我要回去牵一匹马过来，把这些马具都驮走。"杰克说道，"现在对我们来说，最快的方法就是走下悬崖，然后沿着公路走。"

他们开始穿过松树林，往峡谷方向走去，因为那里通向公路，四只猎犬疲惫地跟在后面。杰克的脸很阴沉，他一声不吭地走着，约翰尼知道他在想什么。

杰克确实整个冬天都在猎捕那头大狮子，但最后他也没有将狮子皮钉在他家粮仓的门上。

第二章

一　凯恩猎犬

　　山顶上仍然有积雪，只有在夏天的高温进入峡谷一段时间之后，积雪才会完全消失。尽管如此，地势低的地方却是另一番景象，在那里，春天已经来临。山杨树的绿叶已经伸展开来，连栎树都已发芽。小溪结的冰已经完全融化，流淌着潺潺清泉。夜晚的时候，天气偶尔会变冷。这时，寒夜会给屋顶盖上一层薄霜，牧场上裸露的枯草就会变得脆弱易断。冬天已经过去，而且很长一段时间都不会再回来。

　　那是一个周六的早晨，约翰尼很早就醒来了，他心情愉快，满怀期待。杰克让三只小猎犬加入了猎犬队，他打算带着它们进行第一次狩猎，而且答应要带约翰尼一起去。

　　像往常一样，约翰尼总要在床上赖上几分钟，尽情享受毛毯中的温暖与舒适。盛夏时节，虽然中午的太阳会让人酷热难耐，但在地势高的地方，夜晚依然凉爽。约翰尼起床后，匆忙穿好衣服，套上袜子，提上笨重的皮鞋，然后迅速穿上了一件轻质羊毛外套。

一走到门外，他就扣上了外套的扣子。尽管外面没有结霜，但是气温离冰点也差不了多少。约翰尼轻快地走在小路上，想着杰克会准备什么早餐，他的肚子都饿得咕咕叫了。

约翰尼喜欢野外的生活，他曾不止一次为自己出生的年代感到遗憾，他现在所处的时代越来越倾向于现代化的、不受风雨侵袭的生活方式。在约翰尼看来，杰克和阿利斯所描述的旧时代一定是个非常有趣的时代。在听过他们讲述有关优秀猎犬和凶猛猎物之间发生的故事后，他自己也想成为一名猎人。但是，靠捕猎为生的时代已经成为过去，现在他必须让自己做好准备，以便面对现代社会呈现出的各种问题。这也是为什么他会选择林业作为自己的职业——这个职业既面对现代社会，又能够和野外的大自然亲密接触。

虽然身处现代社会，约翰尼却总能够参加捕猎活动，也总和猎犬待在一起。他想到了红毛小狗巴克，阿利斯和杰克都认为它具备一只出色的猎犬所应具备的素质。约翰尼也知道，尽管很多人想从杰克那里买走巴克，但都被杰克拒绝了。约翰尼尊重爷爷和杰克的决定，但他始终认为，一只猎犬到底出不出色，只有在真正捕猎时才能知道。在他朝着杰克家的方向边走边想的时候，他感觉很受打击，因为巴克是他见过的唯一一只不愿意和自己成为朋友的狗。这

第一章

并不是说巴克对约翰尼有任何恶意，应该说巴克是一只只忠诚于一个人的狗，而这个人就是杰克·凯恩。对于巴克来说，容忍其他人是可以的，但它不会亲近那些人。

晴朗无云的天空已经慢慢变亮了，但当约翰尼到达杰克家时，还没有出现一丝阳光。四只老猎犬摇着尾巴欢迎他的到来，两只蓝斑小狗见到他就近乎疯狂地活蹦乱跳着。只有巴克待在阴影处，没有起身。约翰尼和猎犬们玩了一会儿，他抚摩了每只猎犬，然后进了屋。

"早上好，杰克。"炉子上的两个煎锅里发出噼里啪啦的声音，饥肠辘辘的约翰尼走过去，闻着锅中的食物，叫道，"好香啊！"

"我也这么觉得，"杰克高兴地说道，"煎羊排和炸薯条。"

约翰尼点头表示感谢，他知道羊肉是哪里来的。

每当春天来临时，就有数千只羊跟随着慢慢离去的冬天上山，因为山下的冬天已走，山上仍然是冬天。但是，到了山上，它们就变成了狮子、丛林狼、狐狸和山猫的猎物。只要杰克给牧羊人出示他猎杀的食肉动物的头皮，牧羊人就会支付杰克赏金，并给他羊肉吃，他想要多少都可以。

突然，房子外面传来一声凶狠的咆哮，紧接着就是刺耳的尖叫声和微弱的呜咽声。杰克听到声音后，咧开嘴笑了。

"第一次出去打猎的小狗就像孩子一样，总会不时地犯一些错，而大狗就会提醒它们。"

约翰尼知道杰克说的是什么意思。在小狗还没有长大前，大狗会像成年人对待小孩子一样对待它们。如果小猎犬的举动偏离了一只猎犬应该做的事，这时大狗就会惩罚它们，偶尔会轻轻地咬它们一下，这除了会让它们心里难受并记住这个教训以外，并不会造成其他伤害。现在这些小狗刚刚加入猎犬队，它们已经成为猎犬队的一分子了，就要肩负起狩猎工作的一份责任。大狗知道，小狗的那些古怪、可笑的举动不应成为猎犬生活的一部分。而现在，小狗们必须通过一次次的教训来懂得这个事实。

约翰尼帮杰克将食物摆放在桌子上，给厚厚的马克杯里倒了些浓咖啡。他们刚坐下，约翰尼就问了一个非常具有诱导性的问题，希望能够让杰克说出实情。

"我们是不是要去追捕狮子？"

"我不会让三只小狗在第一次捕猎中就追捕狮子。在追捕狮子之前，我想看看它们是怎么抓其他动物的。我们一会儿去卡利弗大峡谷，那里有很多兔子。除此之外，巴德·考德尔几天前在卡利弗大峡谷放养了一群羊。见到有羊吃了，山猫一定会在羊群周围徘徊，我们在那儿可以很容易就抓到一只山猫。"

"我也希望如此。"约翰尼用渴望的眼神望着杰克，说道，"那三只小狗加入进来后，你现在又拥有一支庞大的猎犬队了。"

杰克摇了摇头说："我尽量将猎犬的数量保持在四只，如果三只小狗表现得都很出色的话，最多也不会超过五只。我只养得起五只狗。所以，我只能把罗迪和弗拉特卖掉。"

约翰尼点了点头。罗迪和弗拉特是杰克猎犬队中表现最不佳的两只猎犬。罗迪就像它的名字一样，爱吵闹，而且脾气粗暴；而弗拉特则是只体形修长的母狗，它总是在还没有完全确认猎物的位置时就鲁莽地跳了出来，而且它也从未在任何一次捕猎中跑在最前面。但它们都具有凯恩猎犬的血统，即使是杰克猎犬队中最不好的，那也是一般猎犬中很优秀的，而最好的凯恩猎犬就是猎犬中的极品了。把它们卖掉后，杰克就留下了梅杰、多伊，还有至少两只小狗。不论怎样，杰克都会拥有一支非常出色的猎犬队。

等他们吃完饭、洗完盘子、走出门的时候，天已经完全亮了。太阳从东边的大山后缓缓升起，照亮了整个天空。猎犬们看到杰克和约翰尼走到门外，就急切地将他们包围住，摇着尾巴，呼哧呼哧地喘着气。巴克除了简单地瞥了一眼约翰尼之外，它的双眼就一直望着杰克。

约翰尼用品评的目光仔细地打量着巴克。整个冬天，巴克都和两个兄弟一起睡在炉子旁的盒子里。在那里，它的个头渐渐长大了，也变得强壮了。现在，它体格强健，看起来就像是只成年狗。但从它的线条和动作来看，它还是只需要训练的小狗。不过，它看起来的确要比它的两个兄弟成熟多了。

四只老猎犬沉着稳重地走在主人和约翰尼身后。巴克与它们走在一起，它仿佛知道并能一直保持自己在队伍中所处的位置。那两只蓝斑小狗却总是变换位置，一会儿跑到队伍的前方，一会儿又跑到两边，要么猛然去咬苍蝇，要么突然扑向被风吹乱的树叶，俨然一副还没有完全长大的样子。约翰尼转过头又看了看巴克，巴克却没有看他。它和杰克保持着一定的距离，这样就不会被杰克的脚后跟踢到。它似乎有意识地与大狗的步伐保持一致。

当他们到达小溪边时，猎犬们蹚过冰冷的河水，而杰克和约翰尼则穿过一座狭窄的木板桥来到河对面。在河对面的草地上，杰克的两匹马友好地伸长它们的脖子，轻轻地喷着鼻息。

约翰尼转向了杰克："你还没有抓到那头将马杀死的狮子吗？"

"我再没见过它的脚印，"杰克满脸忧愁地说道，"但我认为它看见过我。在我沿着山崖边走着的时候，我不止一次感到自己在被什么东西注视着。但我从未发现什么，猎犬也没有找到什么。不过，总有一天，我们会找到它的。"

"你怎么知道？"

"那头狮子简直就是个恶魔！"杰克感叹道，"你有没有想过，如果狮子有了人的大脑，那谁将是这一带的主人？幸好它们没有人类聪明，不然我们就得被迫待在悬崖上，然后等着狮子来猎捕我们了。几乎没有哪头狮子是真的愚蠢，而且时不时还会出现一头特别聪明的狮子。自从那天晚上杀死我的萨莉和阿布家的牛之后，它就再也没有在这附近进行偷袭过。但那仅仅是因为它根本就不想离开悬崖一带。如果它离开的话，我们就能循着踪迹找到它了。"

"你怎么知道它还没有离开悬崖一带呢？它会不会已经离开我们这里，去其他更远的地方了？"

"约翰尼，如果你像我一样打过几十年的猎，你就会知道，有些事情是不能够用言语来表达的。我之所以知道狮子没有走，那是凭我多年的经验。"

约翰尼没有再说什么。他们开始下马爬山，前往卡利弗大峡谷附近的岩石一带。如果爬山的话，人步行的速度其实和骑马的速度差不多，而且，将马拴在这里也没有什么危险。杰克走了一会儿就上气不接下气了。于是，他停下来休息，与此同时，约翰尼也停了下来。虽然他根本没有喘不过气来，但他知道，如果他继续前行而把杰克落在身后的话，会让杰克很尴尬。况且，他不想让杰克感觉到力不从心。

远远望去，就在峡谷对面那长满青草的山坡上，巴德·考德尔家的羊正在那里啃着草，它们看上去就像一颗颗灰色的大鹅卵石。约翰尼看到一只牧羊犬，因为距离比较远，它看起来很小。牧羊犬时不时地冲过去将离队的羊赶回羊群中。约翰尼点了点头，他非常赞同杰克的推断，这里很有可能会突然跳出来一只山猫。

牧羊犬非常能干，它们对职责的专注和理解简直达到让人不可思议的地步。但是，仅仅两三只牧羊犬不可能时时刻刻都把这样一大群羊看管得滴水不漏。一不留神，还是会有几只羊再次离队的，那时，可能就会有食肉动物突然跳出来要了它们的命。对羊群图谋不轨的山猫现在一定就潜伏在某处，等待着黑夜的降临。所以，现在应该尽快放猎犬出去进行追踪，找到新鲜的气味。

除了巴克毅然决然地跟在杰克的身后，其他猎犬都在到处搜索着，嗅着岩石和灌木丛。两只蓝斑小狗见到一只兔子从它们身边跳开，就歇斯底里地狂叫着追了上去。当它们气喘吁吁地跑回来时，杰克用一根木棍打了它们几下。小狗被惩罚之后，就夹着尾巴怯懦地溜到了队伍的后面。它们正在慢慢懂得，会抓兔子并不是杰克对它们的期望，作为猎犬，它们应该抓的是山猫、狮子等食肉动物。

约翰尼紧紧跟在杰克身旁走着。这时，巴克突然发出一声刺耳又兴奋的尖叫声。于是，他们停下脚步，转过身来。

巴克不再紧紧跟在杰克的身后，它在离杰克五十多米的地方停了下来。它迎着风站在那里，头偏向一边，就像一个被拉伸的橡皮筋一样浑身绷得紧紧的。它缓缓而行，仿佛走在一个很容易破碎的东西上面，生怕把它踩碎了一样。接着，巴克离开了猎犬队的行军路线，潜伏着向一片灌木丛走去。它抬起头，耳朵耷拉着，鼻子不

第一章

停地抽动着。巴克似乎捕捉到一丝气味，正在竭尽全力确定这气味是从哪里来的。

两只蓝斑小狗只是疑惑不解地盯着巴克，而其他猎犬已经小跑着跟了过去。梅杰抬起头，咆哮着，然后也循着气味跟了过去。梅杰和巴克跑进了灌木丛中，片刻之后，梅杰发出了坚定的吼叫声，与巴克那细长而尖锐的叫声交相呼应。然后，猎犬队的其他成员也都跑了过去，两只蓝斑小狗竭尽全力才追赶上大狗的步伐。

"我之前只知道它有猎犬的心，"杰克自豪地说道，"现在我知道它还有猎犬的鼻子。这次，连梅杰都没有闻出的气味，它闻出来了。"

"我猜大多数猎犬都闻不出来。"约翰尼说。

"萨莉是个例外，它能闻出来。我想那只红毛小狗遗传了它妈妈的嗅觉。"

一只蓝斑小狗落在了后面，没能及时跟上队伍，它张着嘴，舌头耷拉在外面，跑得上气不接下气。杰克看着它，一声不吭。但是，约翰尼知道他是怎么想的。这只小狗可能会是一只合格的猎犬，但是在杰克的猎犬队中，落在后面的猎犬只能拖大家的后腿，是不够资格和杰克一起去狩猎的。

杰克和约翰尼跟着猎犬队跑了过去，蓝斑小狗紧跟在他们身后。

当巴克第一次闻到那微弱的气味时，它本能地寻找着气味的来源。然后，大狗们也加入了进去。但巴克想要挤到最前方，打头阵。梅杰一直在猎犬队中打头阵，看到巴克想抢自己的风头，就恶狠狠地咬了它一口。于是，巴克就退到了后面，但它根本不是因为屈服，而是出于对长辈的尊重。就在它们慢慢向前靠近的过程中，气味变得越来越浓。巴克又一次急不可耐地走到队伍的前方，然后又停了下来。与此同时，四只老猎犬朝着荒野狂吠着。

巴克在它们身后，全身紧绷着，似乎新来的猎犬就应该站在后面。当它努力想要追赶上大狗的时候，它的心怦怦直跳，身体里的血液快速流动着。但它仍然无法追上，因为大狗在前面抢先起跑。巴克坚定地追踪着猎物的踪迹，它的鼻子里满是山猫的气味。接着，它听到四只大狗追踪的叫声变成了朝着一棵树围堵的叫声。

当巴克最终跟上它们时，四只老猎犬正围着一棵倒下的树狂叫着，树上站着一只咆哮的山猫。这只山猫很大，看上去至少有14千克重，它看起来非常愤怒。当梅杰佯装要攻击它的时候，它马上伸出爪子猛挥了一下，然后转向在另一侧准备攻击的多伊。接着，那只紧追不舍的蓝斑小狗也跑了过来，加入到它们当中。

突然，山猫猛然跳了起来。它将一只蓝斑小狗按倒在地，小狗龇着牙低吼着。幸运的是，梅杰在这时跳了出来，多伊从另一侧进行围堵，而罗迪和弗拉特也开始过来进攻，它们猛地冲向那只好战的山猫。就在这时，巴克也扑了过去。突然，巴克感觉到一只像铁

第二章

耙子一样锋利的爪子划过了自己的肋骨，但它根本不在乎。山猫因为受到了众猎犬的反复攻击，变得越来越虚弱。巴克趁势将头伸了过去，狠狠地咬了山猫一口。

在那一刻，巴克已经变成了一只真正的猎犬。

二　猎　人

在杰克和约翰尼去悬崖一带猎捕那头大狮子的时候，杰克的猜测完全是错误的。一头普通的狮子很可能会去犹如迷宫一般的岩洞一带，因为那是最近的藏身之处。但如果藏在那里，猎犬就会循着它的气味找到它。不过，事实正如杰克后来所怀疑的那样，它根本就不是一头普通的狮子。

风儿猛烈地向狮子迎面吹来，瞬间将它留下的脚印都吹没了。它走到峡谷的对面，藏在一片低矮的云杉丛里，然后观察着杰克和约翰尼。当他们将两匹马拴在灌木丛中，并带着猎犬爬上悬崖之后，狮子就从灌木丛中走了出来，潜行着慢慢靠近两匹马。它完全出于愤怒杀死了其中一匹，另一匹马则因为受到惊吓拽断绳子逃跑了。然后，狮子也迅速离开现场，它仔细聆听着猎犬的吼叫声。当发现猎犬仍然没有找到自己时，它就放慢了脚步。夜晚慢慢降临，经验告诉狮子，夜晚是个安全的时间。于是，它抓了一头鹿，好好饱餐了一顿，就躺在灌木丛中休息了。

整整一周的时间，狮子都在到处游荡，追踪着鹿群的踪迹。鹿群去哪里，它就跟到哪里。就这样，它不知不觉就走到了荒野的深处。结果，在一周之后，它到达了一个广袤而又荒凉的地方，这里除了松树就是散落一地的岩石。夏天，这里无人问津，冬天也鲜有人类出没。鹿群纷纷从高地迁徙过来，这让狮子很容易抓到猎物。整个冬天，它在这里都过得非常自在。

接着，春天到来了，鹿群又零零散散地回到了高地的草原一带，狮子也跟着它们回去了。虽然冬天的简单生活已经过去，但因为狮子有着娴熟的捕猎技巧，所以日子过得还不错。

一天，在山上的一小片灌木丛的掩护之下，它看到一群羊一边向高地草原慢慢移动，一边啃着山坡上的青草。狮子从未见过羊，这是它有生以来第一次见到这么一大群羊。烈日当空的时候，它就待在灌木丛中，注视着这些羊。太阳一下山，它就开始出击了。

狮子小心翼翼地靠近羊群，不停地嗅着风中的气味。这样，它就可以在没有被察觉的情况下将周围的一切了解清楚。羊群那种油腻腻的气味很浓，但就是在这样的情况下，狮子依然通过敏锐的嗅觉确定了羊群中两只牧羊犬的位置。而且，它还嗅到了牧羊人燃烧木柴后灰烬的气味和帐篷中牧羊人的气味。

狮子攻击的速度快如闪电，它向前一跃，击倒了两只羊，其他的羊也散落着摔倒在它面前。它跟在羊群后面，一会儿扑向左边，一会儿扑向右边，将更多的羊击倒在地。漆黑的夜晚充斥着羊群恐惧的咩咩声。这时，几只狗跑了过来，它们发出短而尖利的吼叫声。有一只狗猛地咬住狮子的后腿，狮子抬起爪子就拍了过去。然后，只听一声沉闷的尖叫，那只狗就瘫在地上一动不动了。

在疯狂屠杀羊群的时候，狮子的脸上是一副愤怒的表情。它浑身的血液沸腾着，屠杀的欲望和愤怒让它不能自拔。所以，当看到有人手里拿着刀向它冲过来的时候，它就毫不犹豫地一跃而起，伸出爪子猛地一挥，那个人就被它打倒在地。

最后，唯一剩下来的一只小狗无力地在它身后尖叫着，它没有理睬，逃进了黑夜之中。

当巴德将他的小型敞篷货车开进杰克家的院子时，已经是傍晚了。梅杰、多伊、巴克以及杰克决定留在猎犬队的那只蓝斑小狗都敷衍地叫了几声，待杰克走到门外后，它们就乖乖地趴下了。

有好一会儿，巴德这个瘦弱的牧羊人都闷闷不乐地凝视着四只猎犬。然后，他转向杰克。

"你是不是减少了猎犬的数量？"

"减了几只，"杰克承认道，"我只养得起四只猎犬。你到底想说什么？"

巴德用手指着猎犬说道："你的猎犬队需要一个新的领队，梅杰不再年轻了。"

"等那只红毛小狗再增长些经验，我就让它来做领队。"杰克说，"你是来和我谈论我的猎犬队的，还是有其他的事？"

"你认识埃斯特班·奥雷盖吗？"

"他不是你雇的一个牧羊人吗？"

"是的，他是我见过的最好的牧羊人。但是，他现在出事了。"

"快进来！"杰克说着把巴德请进屋里，然后提起炉子上的咖啡壶，给巴德倒了杯咖啡。巴德一屁股坐在椅子上，然后紧张地敲

着桌子。

"今天早上，我带了一些日用品打算给埃斯特班送去，"巴德说道，"他和羊群都在王冠城堡下面的牧场。"

"然后呢？"

"然后我发现他和仅剩的一只狗在那里，埃斯特班摇摇晃晃地走过来说，昨天，一头狮子攻击了羊群，还袭击了他。"

杰克用锐利的眼神看着他的客人，回想起了那头跟踪约翰尼的狮子，记起了那个冬天的夜晚，被杀死的小牛和自己心爱的猎犬，想到了在峡谷的云杉丛中被杀死的马。整个冬天，都没有人再见过那头狮子，它也没有再出来作恶过。但杰克知道，它会再次出现的。

第一章

现在，它终于来了。

"是不是一头大狮子？"杰克平静地问道。

"从它留下的脚印来看，它是我这20年来在这一带见过的最大的一头狮子。它杀死了49只羊和一只牧羊犬，还攻击了埃斯特班。"

"埃斯特班现在怎么样了？"

"他伤得不轻。他的右胳膊骨折了，四根肋骨也裂开了，而且身上还有很多又深又长的伤口和抓痕，这些伤痕会一辈子印在他的身上。任何一个普通人伤成这样恐怕早就不行了，除了巴斯克牧羊人。我们带他去了医院，医生说他会恢复健康的。"

"那就好。所以，你是想让我去抓那头狮子？"

"总得有人抓住它。"巴德胸中的怒火突然爆发出来，"阿利斯·托林顿已经太老了，就只剩下你来抓了。毫无疑问，我不想再损失任何一只羊，但我更加不愿意看到我的牧羊人再次被狮子攻击，尤其是埃斯特班。它根本就不是一头普通的狮子。"

"你的意思是？"

巴德耸了耸肩说道："你听说过一头狮子攻击了一群羊之后，连牧羊人也不放过的吗？那头狮子已经完全疯掉了。这样的事它干过一次，就会再干第二次。"

"没错，它会再来的。"杰克表示同意。

巴德深切地望着他说："你了解那头狮子？"

"相当了解。去年冬天，它杀死了阿布·惠特利家的几头牛和我的爱犬萨莉。当我和约翰尼·托林顿去悬崖一带猎捕它的时候，它还杀死了我的一匹马。我的猎犬队搜寻过它，所以我很赞同你的看法，它确实不是一头普通的狮子。"

"那你对它怎么看？"

"我现在还搞不懂它是怎么想的，也不知道它为什么要那么做。它和我见过的任何一头狮子都不一样。"

"但你会去抓它的，是不是？"

"我会去抓它的。"

"好吧，杰克，我们就说到这里吧！我现在打算去见乔·马丁、汤姆·舒德姆和欧力·斯温森，他们也在高地草原放养羊群，我可不想让他们再受到狮子的攻击。如果你只去追踪那头大狮子，而放弃其他的狩猎活动，我们四个人将承担你打猎的一切费用。需要什么你就去康奈利家的商店拿，我会告诉他一声的。当你把那头狮子杀了并带回来的时候，我们会给你500美元作为奖励。你看怎么样？"

"可以。如果我发现什么情况，就向你通报。"

巴德离开后，杰克站在那里，用指关节轻叩着桌面。那头狮子再一次出现并开始发动攻击了，他就知道它会回来的。而且，它会一而再再而三地出现，直到有人出来阻止它。那头狮子根本就不是

第一章

什么普通的狮子，它简直就是个恶魔。

杰克烦躁地摇着头。那头狮子既强壮又聪明，而且就像人了解狮子一样，它同样非常了解人类。但它也不是什么超级野兽，它会留下踪迹，杰克知道他的猎犬能够追踪到任何可以留下气味的动物。突然，他有些冲动，于是就拉开门走到外面。

猎犬们纷纷围过来想看看杰克给它们拿了什么好吃的。杰克挠了挠它们的耳朵。蓝斑小狗坐在地上，用它的右后腿挠了挠它右边的肋骨。当发现杰克根本没有给它们带来食物后，梅杰和多伊又走回到了自己的窝里，伸开四肢趴在那儿。巴克却一直蹲在杰克的前面，将它那又湿又凉的鼻子伸到杰克的手中。它的眼神很温柔且充满爱意，杰克挠了挠它的耳朵，满眼喜爱地望着它。

在任何动物群体中，都会出现特别出众的一个作为它们这个群体的领导者。杰克认为，巴克就是这样一个领袖。不是因为它的个头比较大，它并不比其他凯恩猎犬大多少。而是因为某种内在的东西，是一种潜藏在内心的特别的品质。通过成功追踪到很多山猫并参与猎杀两头狮子，巴克已经证明了它的价值。它有一个灵敏的鼻子，还有像斗鸡一样的勇气。而且，在任何情况下，它都能够凭直觉分清对与错。

"你将成为一只猎犬，"杰克喃喃地说道，"一只我从未养过的猎犬。如果梅杰能够年轻几岁，或者你能再多一些经验的话，我们就能在一周内找到那个恶魔的藏身之处了。"

巴克缺乏经验，而经验又是猎犬必须拥有和完善的一个要素。即使一只猎犬拥有最超凡的勇气、能力及智慧，它依然需要经验。所以，在巴克积累到足够多的经验之前，梅杰和多伊还必须继续作为猎犬队的主力。杰克回到屋中，又想到了萨莉，感到非常伤感。他必须抓到那头狮子，为了抓狮子，他会放下其他的所有事情。

杰克给步枪上了些油，拿出了打猎的衣服和一些工具：一把刀和一把短柄小斧，一小包食物。这时，他却犹豫了。

虽然青春不再，但杰克还不算老。他曾带领过很多猎犬队进行狩猎活动，曾无数次独自坐在篝火前，他以前从未感到过孤独，而现在，孤独的感觉却十分强烈。他想到了约翰尼，于是就看了看日历。现在学校已经放假了，也许他可以叫上约翰尼和自己一起去打猎。

然后，杰克命令猎犬回到自己的窝里，将它们重新拴好。他沿着公路走到了阿利斯家，打开门，看到老人正在厨房的桌前揉着面团。

"瞧瞧你的样子！"阿利斯大叫道，"你自己活得像头猪一样邋遢，不代表其他人也应该像你一样！"

杰克咧开嘴笑了笑，然后从桌子旁挪开了。他说："抱歉，打扰您做面包了。约翰尼在不在？"

"他都有工作了，还会待在家里吗？"

"约翰尼在工作？"

"我不是说过了吗？难道还要让我再重复一遍？他给阿布·惠特利打工去了。他要挖一个沟渠，那样，阿布就能用管道把水引到自己家了。我不明白现在的人都是怎么想的。我从来都没有用过自来水，而且也不想用，人应该自己挑水喝。不过，阿布每天都支付约翰尼一美元，如果沟渠挖好了，还会再给他三头小牛。约翰尼会把小牛养大，然后再卖掉，这样他就可以用赚到的钱支付林业学校的学费了。"阿利斯故意看着杰克说道，"如果你在约翰尼这么大的时候也上了学，现在就不会变成一个没用的老笨蛋了，非要做什么猎狮人。"

杰克咯咯地笑着说："您说的是您自己，是吧，阿利斯？告诉约翰尼，我要去捕猎，可以吗？"

"我会告诉他的。"阿利斯咕哝着说道。

第二天早上，离黎明尚有两个小时，杰克就骑着马前往王冠城堡了，四只猎犬跟在他后面。实际上，王冠城堡根本就不是城堡，而是个断崖，这个断崖犹如一个巨大的纪念碑，屹立在绿色的牧场中。人要穿过荒野，走很远的路才能到达那里，骑着马也可以到达，而且杰克熟悉那里的每条小径。突然，他改变方向，从大路上拐了进去，蹚过一条猎犬可以游过的浅浅的小溪，然后沿着满是岩石的峡谷往上走去，峡谷的石壁上到处都是星星点点的松树丛和矮雪松。

在黎明前的黑暗中，巴克焦虑地叫着，奔跑在路的一侧。杰克听到梅杰大声地用鼻子嗅着气味，有些游移不定。这表明猎犬想要猎捕的动物之前曾经从这里穿过，或者离这里很近。有那么一会儿，杰克确实想放猎犬去追捕这个猎物。但这是有风险的，也许追到的狮子并不是他想抓到的那头大狮子。而且，如果追捕花的时间过长，他可能一整天都得在这一带绕圈子。最后，杰克轻声对猎犬发出命令，告诉它们继续赶路。

天亮时，杰克已经到达了峡谷的高处。他蹚过一条小溪，小溪的上面悬着一层薄雾。一头公麋鹿正在一个水塘边饮水，见到有人来了，就轻跳着跑开了。那头公麋鹿的头上顶着两只奇形怪状的鹿角，鹿角表面有一层绒毛。

杰克欣赏着它远去的背影。那头鹿的个头有一匹马那么大，而且刚才鹿周围也没有什么可以做掩护，它就那样站在杰克的面前，可只有几秒钟，它就彻底从他眼前消失了。

杰克爬上峡谷前方的一个山坡，来到了一片广袤的牧场。在这里，他发现了巴德家的羊群。在受到攻击后，羊群就只剩下一小部分了。

这些羊没有聚在一起，而是零零散散地站在牧场中啃着青草。两只牧羊犬站在一个最有利于看守羊群的地方，一直尽职地注视着羊群。杰克注意到前方有个泉眼，泉眼的边缘是棕色的泥巴，一条被踏平的小路一直通到泉眼旁边。在牧场的一边，长着一棵大松树。

第一章

在这样一片开阔的草地上，这棵树看上去实在很奇怪。而牧羊人的帐篷就搭在树旁，篝火燃烧的轻烟顺着松树枝袅袅升起。

杰克转过头去看了看四只猎犬，以确保它们紧跟在自己身后。虽然这些猎犬对羊群并不感兴趣，但如果它们离羊群太近，牧羊犬会误认为它们打算攻击羊群，就有可能和自己的猎犬撕咬起来。看到猎犬们都紧跟在自己身后，杰克就骑着马缓缓地向帐篷走去，直到他终于认出代替埃斯特班的牧羊人到底是谁。

新来的牧羊人叫萨米·威尔逊，是个面无表情的人，大概十年前来到这一带。没有人知道他来自哪里，也没有人问过他。萨米对任何事情都了解一点，但什么都不精通。所以，在做巴德的牧羊人之前，他一直都在给别人打零工。

虽然他对牧羊了解得并不是很多，但他知道如何维持生计。杰克怀疑，巴德找他来放羊，绝大部分原因是巴德找不到别人了。而萨米愿意来放羊，很可能是因为他什么都不怕——杰克也不能确定，萨米到底是意志坚强还是根本没有意识到危险。

就在两年前的一天，萨米正在狩猎营地的一间小屋中刮胡子。突然，屋子里着火了，但他直到把胡子刮完了，才离开那间小屋。他还有个明显的特征，那就是对任何形式的谈话都表现出强烈的反感。

"早上好！"杰克高高兴兴地说道，"今天天气挺好啊！"

"是啊。"

"今天有没有损失羊？"

"没有。"

"有没有大狮子出没的迹象？"

"没有。"

"生活勉强还过得去吧？"

"嗯。"

　　萨米用鞋尖将咖啡壶推到了篝火附近，将羊排放入煎锅，并把一桶饼干拿到火上加热。他用拇指猛地一推，就将饼干桶推到了篝火的中央。杰克看着，不禁舔了舔嘴唇。虽然从家里出来前已经吃

第一章

过东西了，但外面清新的空气和路途的颠簸让杰克很快又饿了。于是，他把马拴好，命令猎犬们趴在他面前的草地上，自己坐下来，静静地等着萨米把饭做好。

在等待的过程中，杰克的目光不由自主地转移到正在啃青草的羊群上，他脑中思考着接下来要采取什么行动。他在这里什么也做不了，因为狮子的攻击显然不是在这里发生的，而是在另一个地方。羊群在受到攻击后，已从之前的牧场迁到现在这个地方。之前的牧场里到处都是羊的尸体，那些尸体散发出的臭味会把狮子留下的气味都盖住。

"埃斯特班有没有移动过这些羊？"杰克问道。

"没有。"

"你转移的？"

"嗯。"

"它们之前在哪里？"

萨米伸出手来指着一个方向说："那边两千米。"说着，他就把羊排端了过来，并倒了两杯咖啡。

杰克吃饭的时候表情很严肃，他一本正经地告诉萨米："我很感谢你的早餐，萨米。唯一的问题是，我不喜欢吃饭的时候有人总是在旁边喋喋不休。当然，你确实是个很'健谈'的人。如果巴德来了，你就告诉他我来过这里了。"

"没问题。"

杰克爬上了他的马，然后继续赶路。要到达羊群遭到狮子攻击的地方，还要往峡谷的高处走上很远一段路。杰克想亲眼看一看那里到底发生了什么，不过，他不一定能找到狮子的踪迹，所以过去也只是碰碰运气。他不能确定那头狮子是否还在"犯罪现场"附近徘徊，如果不在的话，那么留下的痕迹也是很久以前的了。

终于，杰克看到了王冠城堡，那是一块长长的红色岩石，岩石的顶部形状类似王冠——如果你的想象力够丰富的话，一定会看得出来。猎犬们紧紧地跟在马的后边，看上去对什么都不感兴趣。就在杰克从马镫上站起来瞭望远方的牧场时，一只黑色的秃鹰拍打着翅膀，冲上天空。于是，杰克骑着马朝着秃鹰飞起的方向奔去，当他快到那儿的时候，又有几只秃鹰从地上飞了起来。接着，他又看到一只灰色的草原狼从他面前飞奔而去。杰克本能地去摸自己的步枪，但草原狼跑得太快了，已经跑到了杰克的射程以外，还在继续向前跑着。

那些被杀死的羊东一只西一只地散落在牧场上，它们都是被狮子追上后杀死的。杰克一只羊一只羊地察看着，仔细地观察尸体的位置，以此来了解当时所发生的情况。狮子在那天晚上慢慢靠近羊群，然后突然扑向毫无戒备的羊，羊群被吓得四处乱窜。很显然，这头狮子拥有机器般的效率，它的每一击都意味着又有一只羊会被杀死。

　　杰克骑着马来到了埃斯特班之前搭过帐篷的地方，他发现，最后一只羊的尸体就躺在离帐篷不到三米的地方。这里的痕迹不难读懂。当时，那只羊由于受到惊吓，就朝埃斯特班的帐篷跑了过来，并且成功地把埃斯特班给吵醒了。埃斯特班从帐篷里走了出来，手里握着一把刀。当然，即使他没有在大屠杀开始的时候就听到外面的动静，那也会在狮子出现后不久就知道。他当时一定是用最快的速度冲到了帐篷外，可见那头狮子的速度一定快如闪电，因为它比他更快。不过，埃斯特班出来之前，狮子已经杀死了很多只羊。那简直就是一场盲目而冷血的大屠杀。当狮子和埃斯特班面对面的时候，狮子毫不犹豫地向这个人扑了过去。但它并不是完全没有一丝畏惧，在扑倒埃斯特班之后，它就感到害怕了，然后马上逃离了现场。

　　杰克从马上下来，用手抚摩着巴克的头。

　　"袭击了埃斯特班之后，它就逃跑了。"杰克对巴克说，"它逃往了北美地形最复杂的地方，那一带的面积有几十公顷呢。现在，我们该怎么办呢？"

　　巴克摇着尾巴，将它那湿润的鼻子深深地探入杰克的双手中。杰克拴好他的马，转身去数死羊的数量。正如巴德之前所说的，一共是49只羊。虽然秃鹰和草原狼曾经撕扯过这些尸体，但没有任何迹象表明狮子曾经吃过这里的任何一只羊。杰克眯着眼睛，感到很疑惑。这头狮子之所以进行攻击，并不是因为饥饿，而是因为它想进行一场大屠杀。

杰克望着远处的山峰和悬崖，它们拔地而起，广袤无垠。狮子可以藏在这里的任何一个地方，无论是陡峭的悬崖，还是犹如被墙壁围起来的峡谷。要猜测它到底藏在哪里，就相当于猜测一群牛中哪一头会先把尾巴甩到左边，所以这并不容易。至少这将是一个漫长而困难的捕猎过程，加之这头狮子又如此狡猾，要猎捕到它真的是难上加难。

牧场上到处都是死羊的尸体，巴克不停地嗅着尸体旁的草地，寻找着任何可能的气味。风儿呼呼地刮过它的脸颊。显然，狮子还是留下了一些微弱的气味。尽管羊的尸体发出浓烈的恶臭味，但巴克还是闻出了狮子留下的味道。巴克向前跑了几步，杰克充满希望地望着它。几分钟过后，巴克突然停了下来，因为气味突然消失了。但是它并没有放弃，转过身又回到原处重新仔细地闻了闻，但仍然没有成功。

杰克的脑海中清晰地浮现出那头狮子的脚印，因为他之前见过。如果他再一次看到它的脚印，一定能认出来，因为那头狮子的脚印太大了。但杰克必须先找到它的脚印。于是，他骑上马，放慢脚步在牧场中搜寻着。

蓝斑小狗突然跑了起来，疯狂地吼叫着离开了猎犬的队伍。杰克非常生气，一边叫着它的名字让它回到自己的身后，一边骑着马朝小狗冲出去的方向奔去。其他猎犬都非常紧张和警觉，它们抑制住了自己，尽管它们也非常渴望冲过去，可是没有杰克的命令它们是不敢乱动的。这时，杰克从马上跳下来，朝着一片树丛走了过去，在那片树丛中间，他看到一眼泉水，从一块空地中间涌了出来，然后沿着一条浅浅的河道顺流而下，最后在牧场汇集成一个池塘，而池塘又被芦苇包围着。

　　杰克仔细检查着河道两侧松软的泥土，发现了一只大山猫的脚印，而且是不久之前刚刚留下的，这一定就是蓝斑小狗所嗅出的气味。杰克思索了一会儿，他在考虑要不要让猎犬队去追捕这只山猫，最后还是决定不去追了。虽然猎犬们都想捕猎，不愿意漫无目的地跑来跑去，但杰克仍然希望能够找到那头大狮子的踪迹。而如果他让猎犬去追捕狮子，那么猎犬一定要保持充沛的体力。

　　杰克骑着马走出了牧场，进入了附近的一片松树林。他们到了一个形状像猪背的山脊，山脊上是缓坡状的林带，缓坡从崎岖不平的悬崖开始向下延伸，然后又与另一个形状像猪背的山脊相连，上面是大片的西黄松树林。对于狮子和山猫来说，如果它们想从悬崖的一侧到达另一侧，那么山脊就是必经的通道。而对于那些夜间到牧场吃草的麋鹿来说，它们白天可能会来到山脊一带，因为这里是个很好的藏身之地。但麋鹿来的可能性不大，因为它们不喜欢狮子经常去的地方。

蓝斑小狗又一次脱离了队伍，它跑上前去。杰克很生气，召唤它回到自己身边，但是小狗并没有理会他。于是，杰克下了马，接着他发现了四头狮子的脚印。很显然，那是一头母狮和三头小狮子留下的。杰克在那儿站了一段时间，犹豫不决。到底让不让猎犬去追捕这些狮子呢？如果他命令它们去追捕，它们至少能将三头小狮子逼上树，这确实挺诱人的。但杰克依然决定继续前行。

那头大狮子将会带来真正的奖励，将它收入囊中一定能赢得牧羊人强烈的感激之情。但是，对杰克来说，抓到那头狮子还有更重要的意义。那头狮子给他带来了前所未有的挑战。他有一种奇怪的想法，总觉得那头狮子甚至比人类还要聪明。尽管他知道这是不可能的事情。不过，一旦捉到了那头狮子，他就能向自己证明那是个荒谬的想法。

杰克来到山脊最狭窄的地方，俯瞰山脊下面的景色。那是一片未开发的地区，五颜六色的岩石随处散落着，点缀着绿色的树丛，这些树丛绵延不绝，一眼望不到边。很少有人亲眼见过这样的岩石地带。但杰克明白，任何人，无论是想在这一地区捕猎，还是路过这里，都将面临种种障碍。

虽然那些如纪念碑一样屹立着的山峰从远处看起来非常光滑，但是走到近处你就会发现，它们的表面有很多突出的岩石，上面布满了一道道裂缝，并充斥着像蜂巢一样的岩洞。对于那些粗心又无知的人来说，这是个危险的地方。虽然峡谷有缓坡，但你走着走着就可能突然发现自己正身处于悬崖的边缘。有一些地方，你脚下的岩石随时可能碎裂开来，松动的页岩很容易让你滑到悬崖底下。

杰克知道，狮子可能就在这种险要的地方藏着。

巴克在悬崖另一侧的某个地方发现了狮子的气味，然后就径直向那边跑去。杰克将马拴好，召唤巴克回来。然后，他让所有的猎犬都待在自己的身后，并走向巴克刚才去的地方。同时，他嘴里轻声咕哝着什么。

其实，那头大狮子根本就没有待在山脊顶部，它在屠杀完羊群之后，一定是直接去了北方的那片未开发的岩石地带。不过，它肯定从这片山脊的最狭窄处路过了，它从山脊的左侧上去，然后从山脊的右侧下来。杰克在一块松页岩上发现了那头狮子的抓痕，它还在上面排泄了一小堆粪便，然后用一条后腿把粪便蹭了一下，结果把那块页岩给蹭脏了。被弄脏的地方发出强烈的气味，这也是巴克能够追踪到气味的原因。

猎犬们都蹲在那里，身体颤抖着，急切地想要跑去追踪狮子的踪迹，而杰克则仔细地检查着页岩上的抓痕。他看着那个巨大的爪印，知道这就是他要找的大狮子留下来的，他感到非常欣喜，朝着巴克吹了声口哨。

然后，杰克转过身，夸奖巴克道："好样的，巴克！看看你发现了什么！你的鼻子可是最灵敏的。"

梅杰、多伊和蓝斑小狗虽然都急切地想要参与进来，但没有杰克的命令，它们都乖乖地待在了原地。这时，巴克向前方走去，闻了闻狮子留下的抓痕。然后，它朝山下跑了几步，想确定之前在那里留下的气味。它用鼻子嗅着，接着又跑回来再一次检查页岩上的抓痕。它一步一步地跨越了山脊，然后走下山坡，到了对面的另一个山坡。

但是，它又走了回来，第三次去闻页岩上的抓痕。每一次，它都是游移不定的，那个爪印是很久以前留下的，所以周围的气味基本上都消失了。于是，杰克命令巴克回到自己的身后，然后自己上马沿着缓坡向上走。

到了山脊顶端的时候，他下了马，牵着马沿着一条有很多岩石的小径走了下去。这条小径距离一处峻峭的崖壁十分近，有的时候让人感觉都快到了崖壁边上。这当然不是骑马的地方，倘若马踩空并坠下悬崖，那么骑马的人也会跟着掉下去。最后，他们终于走到了峡谷中间平稳的路上。杰克上了马，继续前行。

最终，杰克用略带冷酷的幽默安慰自己：至少自己已经把搜索范围缩小了。但是，考虑到当前的情况，这个很久以前的爪印根本帮不了自己什么忙，因为在南侧，还有几十公顷的悬崖地区没有搜寻过。想在那里找到狮子简直是不可能的事，他需要一个清晰而又新鲜的脚印，一个猎犬队可以追踪的脚印。但如果他不去那里搜寻的话，就不能指望找到任何脚印了。当然，狮子也不会故意暴露自己的行踪。

杰克整个下午都骑着马在峡谷和断裂带之间行进着。猎犬们又有两次发现了山猫的气味，但杰克根本不想要山猫。由于马得跟着他们，所以他的活动范围受到很大的限制。他不可能任意地搜寻所有的地方，因为有些路马是不能走的。而杰克也不想把马拴在峡谷中，让它自己留在那里。他可不希望回来找马的时候，发现马又被狮子杀死了。

那天晚上，杰克睡在了一个被岩石包围的峡谷中，猎犬们伸开四肢趴在他的周围。他们旁边流淌着一条潺潺的小河。那天，他们没有再找到那头狮子的任何踪迹。

三　猎　物

本学年的剩余时间，约翰尼都在非常努力地学习，就为了提高自己的成绩。最后，他在本年度末终于排到了班级前三名。他之前申请过奖学金，但他非常清楚自己的情况，所以根本没有指望能拿到奖学金，因为整个学校只有四个奖学金名额，而全校共有155名学生在竞争这有限的名额。他很清楚自己的成绩不够好，而阿利斯又没有钱送他上大学。面对这个铁定的事实，约翰尼知道，只有靠自己，才能够得到梦寐以求的林业工程学位。所以，当阿布在学年结束后提出给约翰尼一份工作时，他很快就答应了。

他本可以拿到标准的工资，但当阿布让他选择是拿标准工资，还是拿每天一美元外加牧场的三头小牛时，约翰尼看到了后者的好处。因为阿利斯有个用栅栏围起来的八万平方米的牧场，而且从来没有使用过。在夏天的时候，如果将小牛养在里面，根本不用花一分钱，因为小牛可以吃牧场的青草；而到了冬天，可以将小牛圈养在室内，只需喂它们谷物和干草。干草呢，约翰尼可以在阿利斯的牧场里割取；谷物呢，完全可以用阿布给的每天一美元的报酬来购买。最终，卖掉小牛后，他得到的钱将是标准工资的两倍。

阿布所规划的供水系统的水源是一眼永不枯竭、永不结冰的泉水，这眼泉水是从一个红色悬崖的一侧流下来的。它只流经地下渠道，而不经过任何露天的水道。即使在这一带住得最久的人的记忆里，这眼汩汩流着的泉水都不曾断流过。阿布打算用管道将这眼泉水直接引到自己的家中，这就意味着，他必须要把管道埋在冰冻线以下的土壤里。

扛着锄头和铁锹，约翰尼来到距离泉眼几米的地方，开始为输送管道挖沟。他先用锄头将红色的土刨松，再用铁锹将松软的土铲到一边。就这样，工作单调地重复着。他想，如果自己正和杰克在山里猎捕狮子或山猫，那肯定比在这里干活有趣多了。

想着想着，约翰尼咧开嘴笑了。通过搜索和猎捕食肉动物，杰克的生活尚且过得去。他还可以从牧羊人那里获得赏金，但也只能保证他一个人过得还不错，但如果要养活两个人的话，生活就有些拮据了。

约翰尼在用锄头松土的时候，锄头击中了一块大圆石，圆石闪出了火花。他耐心地将石头周围的土挖松，直到可以将锄头伸到石头下边的土壤中，并能撬动石头。约翰尼将石头从地层中撬开，然后弯下腰将石头搬到了沟渠的旁边。接着，他又继续挖土。这真是个费力、沉闷而又漫长的工作，根本没有什么可以消遣的。于是，他只能在自己的脑海中想象那些有趣的事情。

约翰尼发现自己想得最多的就是杰克的那只红毛猎犬巴克。他在第一次见到巴克的时候，就对它产生了浓厚的兴趣。巴克身上有一种与众不同的品质，这让它在猎犬队中脱颖而出，就像一些人在其他人当中鹤立鸡群一样。不仅仅是因为它有个灵敏的鼻子和一颗好战的心，也不是因为它机智聪明，毕竟老梅杰也有这些特征。除此之外，巴克还有一些梅杰不具备的品质，那是一种约翰尼能够承认但又无法具体说明的特征。但是他明确地知道，有一部分特征表现在巴克对杰克全心全意的忠诚上。

此时，约翰尼正站在红色断崖之上，边工作，边思考，边做着白日梦。他最喜欢做的白日梦就是：有一天巴克会成为他的猎犬。当然，那是根本不可能的事。因为不论出多少钱，杰克都不会卖掉巴克的，而且，约翰尼也不会买这样一只狗。除非，那只狗愿意跟着约翰尼，愿意让他做自己的主人。而现在，巴克已经全心全意地跟随杰克了。

夜幕悄悄降临，约翰尼看了看自己用一天时间挖的一小段沟渠，再看看还没有挖完的很大一部分，顿时感到有些灰心。然后，他把锄头和铁锹扛到肩上，从断崖处下山走向回家的路。他非常努力地工作，尽管肌肉有些疼痛，但是并没有筋疲力尽。走到家的时候，阿利斯满面笑容地出来迎接他。

"阿布说你一直都在非常努力地工作，他一直都在看着你。"

约翰尼咧开嘴笑了笑说："一直都在看着我？担心我会偷懒吗？不过，我可没有偷懒。"

他望着自己长满水泡的双手，惊讶地说道："天哪！肯定有更好的方式来赚到这几美元！"

"想得到任何东西，你都得付出努力。"阿利斯看着约翰尼语重心长地说道，"但阿布认为你可能需要一点点激励，所以他已经把三头小牛给你送过来了。"

"送过来了？"

"是的，我把它们牵到了牧场的围栏中。"

"太好了！我要去看一看！"

还没来得及洗手，约翰尼就直接往房子后面的牧场跑去。三头泽西种乳牛就站在那里，它们还是小牛，牛角刚刚从头顶上冒出来。因为这个牧场对它们来说实在是个陌生的环境，所以它们紧张不安地走来走去。约翰尼仔细地检查着这三头小牛。阿布真是个慷慨的人，他给约翰尼的三头小牛都是很好的品种。不过，约翰尼也早已预料到阿布会给他最好的牛。

当约翰尼走进牧场并试图靠近三头小牛的时候，它们都胆怯地跑开了。约翰尼欣喜地望着它们，感到很兴奋。它们就像神奇的镇痛药一样，约翰尼现在似乎已经感觉不到任何疼痛了。而且，再让他回到沟渠边干活也不再是那么单调乏味的事情了。现在，他有了自己的计划，而且他坚信那一定能够实现。

在进入悬崖一带寻找那头大狮子一周却毫无收获之后，杰克骑着马返回了。他全身的衣服都破烂不堪，胡子也一个礼拜没有刮了。马鞍后面系着一头母狮和两头小狮子的皮毛，三条黄褐色的尾巴耷拉在马身的一侧。因为找不到大狮子的踪迹，杰克最终不得不让猎犬去追捕其他猎物。它们在发现这三头狮子的踪迹后，只花了一个半小时的时间就将这些狮子分别逼上了三棵树。

杰克走在公路一侧的骑马专用道上，根本没有在意身边穿行的汽车。无论是汽车刹车时发出的尖锐的声音，还是轮胎发出的刺耳的声音，都没有引起杰克的注意，他好像根本没有听到一样。因为，他的心仍然停留在悬崖之上。在这七天的时间里，他走了无数的路，到处都寻遍了。虽然他发现了山猫、鹿、麋鹿、熊和其他狮子，但是，那些都不是他要找的。他想抓到那头大狮子，可一点踪迹都没有找到。就因为这个，杰克的脑子里嗡嗡地响着，就像拉电锯一样。他知道那头狮子就在那里的某个地方藏着，因为它没有别的地方可以去。他觉得自己至少能够找到一点点狮子的踪迹，猎犬本应该顺着踪迹找到它的。但事实是，狮子真的连一点点踪迹都没有留下。

路过阿利斯家时，杰克突然调转马头，走进他家的院子里，坐在马背上待了一会儿。虽然他感到很累，但嘴角仍然露出了淡淡的笑容。自从上次从阿利斯家离开之后，这个家已经增添了新成员。他看到三头甩着尾巴的泽西种小牛站在牧场的围栏里。当阿利斯走出房子的时候，杰克将目光从小牛身上移开。

他傻笑着说："我知道，你就要有个奶牛场了。"

阿利斯哼了一声，说道："哈！如果你看到我给这些愚笨的奶牛挤奶的样子就知道了，让我远离这种痛苦吧，我可不想！它们是约翰尼的。他打算把这些奶牛养到冬天，然后在春天的时候卖个好价钱。他是这么说的，应该也会这样做。如果你能像那个孩子一样聪明，你今天也该有所作为了。你这些天都去哪里了？"

杰克朝悬崖一带的方向摆了摆手说："去了那边。"

"我看你抓了三头狮子。"

"是的。"杰克回答道。

"那你为什么还这么闷闷不乐呢？这可是一笔不少的奖金啊！"

"我没有抓到那头大狮子，就是屠杀巴德·考德尔家的羊群，并攻击埃斯特班·奥雷盖的那头狮子。"

"找不到它的踪迹吗？"

"只找到了它很久以前留下的一个爪印，没有找到新留下的踪迹。我想，梅杰太老了，巴克又太小了。"

"就像我和约翰尼一样，是吧？那个孩子捕猎怎么样，杰克？"

"对于像他这么小的孩子来说，他已经知道得够多了。如果再给他几年时间，他一定能成为一名出色的猎人。为什么这么问？"

"他急不可耐地想要去捕猎，却被迫去挖那该死的沟渠。如果他出生在50年以前，一定是个出色的职业猎人。"

"我知道。但你和我都清楚，像我这样的猎人不会再有什么前途了。不要让约翰尼做傻事，阿利斯。"

阿利斯答应道："他不会做猎人的，他要去林业学校读书。在那里，他能够学到专业知识，还会知道灌木丛中将发生什么事情。"

此时，阿利斯的两只老猎犬沉着地沿着房子的一角走了过来，显出很高傲的样子。它们两个找了个阳光充足的地方趴了下来，然后又伸了伸懒腰。

杰克下了马，问："你怎么看那头狮子，阿利斯？"

这个老人耸了耸肩膀说道："它并不是一头很难搞懂的狮子。"

"你的意思是？"

"我给你讲个故事吧！从前，有个人追踪并捕获了一头狮子，他发现这头狮子总是以特定的方式活动。后来，他又捕到两三头狮子，它们的活动方式也和之前的那头狮子一样。于是，这个猎人就将自己的猎捕游记和其他有过捕狮经历的人的游记进行了对比，结果发现这些狮子的活动方式还是一样。所以，他就坚信所有狮子的活动方式都是大同小异的。实际上，当然不会这样简单。有时候，你会碰到一头与众不同的狮子，而你现在遇到的这头就是。"

"你以前有没有遇到过这样的狮子？"

"我不只是见过这种狮子，还见过更厉害的呢！我曾见过两三头狮子从枪口下逃生。举个例子，倘若一头被逼上树的狮子被枪击中，但只伤了些皮毛，然后它又成功地逃脱了。那么，它就会变得非常狡猾，以后被追赶的时候就再也不会上树了，它会故意绕开猎犬和人类。而且，它会将自己的所有怒气发泄到别的动物身上。我想，这可能就是那头大狮子屠杀巴德家羊群的原因。"

"你的意思是狮子会对人产生怨恨？"

"所有的狮子都会的。只不过大多数狮子没那个胆量或者没有机会反抗而已，但你遇到的这头就敢。它足够聪明，至少到现在为止，都没有被你追踪到，而且每次都能成功逃脱。你追它有多久了？"

杰克闷闷不乐地说道："一整个星期。我让猎犬放弃了很多山猫和其他狮子，以便储存能量，好去追那头难对付的大狮子。我这样做，一方面是因为牧场主承担了我捕猎的全部费用，让我一定要抓到那头狮子；另一方面是出于个人原因，我要抓到它，因为它杀死了我心爱的萨莉，我忘不了这仇恨。"

阿利斯坚定地说道："它会再一次发起攻击的，直到有人出来阻止它。"

杰克表情严肃地表示赞同："我会阻止它的。回头见，阿利斯。"

然后，杰克就骑着马回家了。到家之后，他为那匹累得筋疲力尽的马卸下马鞍，并拍了拍马屁股。马儿立刻就朝着小溪奔了过去，弄得水花四处飞溅，它过了河，加入到同伴的队伍中，然后啃着地上郁郁葱葱的青草。与此同时，杰克抱着那捆狮子的皮毛进了小木屋。如果是在冬天，他只会取下狮子的头皮。但在夏天的旅游旺季，总会有游客愿意买下任何可以带走的纪念品，所以狮子皮就非常好卖。如果杰克将它们放到康奈利家的商店中，可能会全部卖光。

杰克将烧水壶、洗碗盆和其他任何可以盛水的坛坛罐罐都装满了水，然后全都堆在炉子上面。他燃起了火，又把一个洗澡盆拉到了地板中央。当水烧开之后，他将这些热水全倒进洗澡盆，又兑了些冷水，然后脱下衣服，爬进了洗澡盆中。他舒舒服服地吐了一口气，积累了一个星期的汗水和污垢都浸泡开了。然后，他给后背打了些肥皂，将弯着的膝盖露出水面，这样就可以躺下来把整个后背浸泡在水中。杰克把头倚在盆的边缘，非常惬意。洗完澡之后，他迅速用一块毛巾擦干身体，然后把胡子刮了。

收拾了一下果真清爽多了。接着，杰克就开始和面做饼干。最近这次出去打猎，他带了很少的食物。幸运的是，他发现了一头被狮子杀死的雄鹿，猎犬们便美餐了一顿。杰克自己则去溪边捉了几条鳟鱼，而有时候他就用野生浆果和水果填饱肚子。

现在，他想要吃些文明的食物。在和完面之后，他从自家的小菜园中摘了些蔬菜。本来他还想给另一匹马戴上马鞍，然后骑着马到康奈利家要些牛排或猪排，但那似乎太麻烦了。于是，他就迅速做了根钓鱼竿，到小溪边抓了几条鳟鱼。饭全部做好后，他就开始填肚子了。就在他马上要吃完的时候，巴德开着他的敞篷小货车轰隆隆地驶进了院子。

巴德停下车，扛着一个麻袋走了过来，麻袋上覆着一层白霜，闪闪发光。

他将麻袋丢在地上，然后向杰克打了声招呼："嘿，杰克。萨米说你去过他那里了，可是自从那以后，就没人再见过你。你这几天都去哪儿了，杰克？"

"我去了悬崖那一带。"

"运气怎么样？"

"只抓到一头母狮和两头小狮子，但是没有找到那头大狮子的一点踪迹。"

"没有那头狮子的消息吗？"巴德指着那个麻袋说，"好吧！我给你带来了一些喂狗的肉。我每两天就过来一趟，看看你有没有回来。前几天发现你还没回来，我就把肉冻了起来，现在还很新鲜呢。"

"非常感谢！这回，这群猎犬可有的吃了。"

"你还打算去抓那头狮子吗？"

"肯定会的。"

"那真是太好了。它现在真是让大家都很着急，一些牧羊人都不敢将他们的羊群再赶到后面的牧场了，因为他们担心狮子会突然出现。我们必须赶紧抓到它。"

"我一定会抓到它的。埃斯特班现在怎么样了？"

"下个礼拜就能回去放羊了。这次，他会带上一把大口径的左轮手枪，足够杀死一头笨重的大象了。他说他希望那头狮子能再次出现，他想把这仇给报了。"

"希望他能搞定那头狮子。过来吃点东西吧，巴德！"

"不了，谢谢。我想我得走了。祝你好运！"

"我确实需要些运气，那真是一头狡猾的大狮子。"

整个夏天，杰克和他的猎犬都在悬崖一带徘徊。论起抓狮子，除了阿利斯，没有人比杰克懂得更多。杰克大多数时间都将马留在家里，这样，他就既不用担心马被狮子攻击，又能够获得更大的活动自由。为了抓到那头狮子，他曾进过无数的山洞，走过无数危险的壁架。走在壁架上时要非常小心，因为一失足就会掉到300米的深渊中，丢掉性命。杰克也爬过峭壁，为了能够带着猎犬上去，在到达山顶后，他必须用一根长绳将猎犬一只只拉上去。不要怀疑，他就是这样把猎犬弄到山顶上的。在山下的时候，他先给每只猎犬都套上背带，然后在肩带上面留一个大环；等他爬到山顶上以后，就放下长绳，绳子的末端系了一个铁钩；最后，他就像钓鱼一样，钩住猎犬背上的那个大环，将它们拉上山顶。

杰克抓了很多食肉动物。他会时不时地让猎犬去追踪其他猎物，不然总是没完没了地赶路，它们就会兴趣全无。有时，猎犬们会追捕爬到矮松上或岩石上的山猫；有时，它们又会将躲到岩洞中的山猫拖出洞外，然后朝它发出狂吠声；还有的时候，它们会将黄褐色的、长着粗绳般的尾巴的狮子逼上树……杰克剥掉狮子的皮后，就将狮子肉用来喂狗。杰克自己要么去小溪中捉几条鳟鱼来吃，要么

插上一根树枝，烤山猫肉吃，要么就吃自己带的食物。

杰克始终只对一件事有着巨大的热情——抓到那头他一直都在寻找的大狮子。他知道那头大狮子还在悬崖一带。他之所以如此肯定，是因为他在红色岩石附近的沙子和尘土中看到了它的脚印。而且，有一次他还发现了那头狮子捕的猎物，那是一头巨大的雄鹿。狮子吃饱之后就用树枝将剩余的部分掩盖了起来。那头猎物是狮子在一天前捕杀的，气味还很新鲜，所以猎犬们轻而易举地就找到了狮子的踪迹。但是，当它们追到一座高耸的石崖下面的时候就跟丢了，因为狮子爬到了石崖上面，杰克和猎犬却爬不上去。

然而，当杰克绕过石崖，找到一条可以爬上崖顶的路时，就再也没有发现狮子的任何踪迹。它像一头灵兽，可以任意地现身或消失。

每个礼拜，巴德都会为杰克带来一些喂狗的肉，而每一次杰克到康奈利家的商店买日用必需品，费用都记在了巴德的名下，另外三名牧场主同时也分担了这项费用。虽然杰克每次需要的东西都不多，但他不愿意再让牧场主替他花费了。他抓到了一些山猫和少量的狮子，从某种意义上讲，虽然他没有抓到那头大狮子，但捕获了这些食肉动物，它们以后就不会再有机会杀羊了，这样也算补偿了牧场主们。

秋天的云朵还在天空中绵延飘浮着，但不久之后，地上将铺满

第二章

积雪。到那时，任何走在雪地上的动物都会留下暴露它们行踪的脚印。杰克知道，如果他能够在新下的雪上发现那头狮子的脚印，情况就会大有不同了，不会像夏天那样总是让人灰心丧气了。

在一个秋天的黄昏，天刚刚暗下来，杰克正在屋中吃着晚餐。这时，猎犬们狂吠着表示有陌生人来了。几秒钟过后，巴德的货车停在了杰克家的院子里。巴德从车上下来，他穿着夹克，戴着手套，扛着一麻袋喂狗的食物走进杰克的房子。由于外面的天气很冷，他冻得满脸通红，夹克和帽子上沾着零星的雪花。

他说："已经到冬天了，明天早上，地面上就会堆满厚厚的积雪，到时你就可以循着猎物的脚印找到那头狮子了。"

杰克说："我知道，我会把那头该死的大狮子给你带回来的。"

巴德提醒他说："你去年冬天可没有抓到它。"

"去年，我的领头猎犬太老了，而我最出色的猎犬又太小。不过，现在那只小狗已经长大了，比当年的梅杰还要出色。"

巴德说道："祝你好运！明年夏天我们还会把羊群赶到那边的牧场，我们可不希望那头狮子依然在附近徘徊。"

"不会的。"

杰克跟着他的客人走到门外。外面正下着雪，院子里已经铺上了一层白雪。巴德在进屋之前留下的脚印几乎已经被新下的雪填满了。杰克急不可耐地吸了一口清新的空气。送走巴德后，他回到屋中，感觉心情非常舒畅。他望了望架子上的步枪，接着就开始准备打猎的工具。这时，他突然想到明天就是周六了，约翰尼明天不上学，可能会愿意帮助自己去猎捕那头大狮子。而且，杰克也希望约翰尼能和自己一起去，因为约翰尼是个不错的猎手，也曾经给自己提供过不少帮助。杰克穿好夹克，戴上帽子，又一次出了门。

杰克大步走在通往约翰尼家的小路上。雪花漫天飞舞，落到了他的脸上和手上，他喜欢这种冰爽的感觉。冬天是一年中最艰难的时候，但也是一年中最好的时候之一。因为在冬天，峡谷和悬崖一带完全属于住在这里的人们。不像夏天那样，到处都被游客挤满了。这并不是说，杰克讨厌那些前来度假的人，只不过这里没有他们会更容易捕猎。

透过飞舞着的雪花，杰克隐隐约约看到了阿利斯家的窗户透着光，所以他没有敲门就推开门进了屋。阿利斯正坐在桌前，桌子上放着一只吃了一半的烤鸡。阿利斯热情地向杰克打了声招呼。

"快过来，我的邻居！过来祭一祭你的五脏庙吧！"

阿利斯从那只鸡身上切下一个鸡腿和一大块肉，把它们放到了盘子里，然后往一个杯子里倒了些咖啡拿给杰克。杰克欣然坐下。阿利斯有一手好厨艺，杰克一般是懒得给自己准备像烤鸡这样精致的食物的。

杰克嘴里塞满了鸡肉，问道："约翰尼在哪里？"

113

阿利斯低沉地说道："还在学校里，好像要参加舞会什么的，他和鲍勃·卡鲁一起去的，他们大概十点回来。你是有什么特别的打算吗？"

"现在下雪了，任何动物都会留下脚印，我打算明天去追踪那头大狮子。我想约翰尼也愿意和我一起去。"

阿利斯笑着说："哈！还是别让他碰那个了！那个孩子和你一样，都对猎犬非常着迷！"

"这也是我来的原因。顺便问一句，你的猎犬去哪儿了，阿利斯？"杰克喝了一口咖啡，说道，"猎犬，说起我的那只红毛猎犬——"

就在这时，阿利斯的一只老猎犬发出了尖细的吼叫声，这声音盖过了风声，打断了他们的谈话。同时，他们听到约翰尼的小牛也声嘶力竭地发出极度惊恐的叫声。然后，另一只猎犬也发出了尖锐的吼叫声，那声音充满愤怒。杰克站了起来，伸手去拿约翰尼的步枪，阿利斯也抓起自己的枪和手电筒。他们迅速冲到门外。

手电筒的光束划破黑暗，但漫天飘着的雪花让光束无法穿透夜幕照到牧场上。两个老猎人朝着牧场的方向跑了过去。

他们在牧场发现三头小牛全部瘫倒在地上，身下流淌着鲜血，身体还是温热的。三头小牛都死了。没走几步，他们又发现两只老猎犬也伸展着四肢倒在了雪地中，它们也都死了。在两只老猎犬那儿几乎掉光了牙的嘴里都咬着一片黄褐色的毛。虽然这两只猎犬已经老了，患有风湿病，时常受到疼痛的折磨，但它们从出生到死亡都不失为尽职的猎犬，为了能够追到捕食者，它们一直拼到死为止。

杰克说道："我早就料到它会再来，让我用手电筒照一照周围。"

他拿着手电筒向前方走去，狮子留下的脚印深深地印在雪地上。杰克跪下来，望着他发现的脚印，心里既充满了愤怒，又充满了期待。因为他的老对手又一次出现了，又一次进行完屠杀后就离开了。但这一次，它是在下雪的时候来的。

杰克对阿利斯说："就是那头大狮子。我现在就回去，带上我的猎犬和步枪去追它。"

"今晚？"

"是的。现在雪地上留下了新鲜的脚印，如果现在不去，不知道什么时候才能再找到它的脚印。"

阿利斯说道："我是不能和你一起去了，但你为什么不等约翰尼回来和他一起去？"他的语气中含着一丝伤感，他知道自己老了，已经无法狩猎了。

"等约翰尼回来，踪迹可能都被新雪覆盖了。我要在我能找到踪迹的时候马上抓到它。"

杰克沿着小路疾步向家走去，他的脑海中只有一个念头：他一直渴望的机会终于来了。这里已经留下了狮子新鲜的脚印，如果今晚他不带着猎犬去追捕，可能就要再等上数周甚至数月，狮子才会再一次出现。

杰克匆忙拿了几个三明治，并把它们塞进了狩猎夹克的一个口袋里。他抓起步枪和两盒子弹，然后飞快地跑到小路上，同时吹着口哨召唤着猎犬，向躺着小牛和猎犬的牧场奔去。

到了牧场后，他向猎犬队发出命令："好，让我们一起去追它。"

猎犬们收到命令后，立马从杰克身边冲了出去，嗅着气味跑进了雪中。几乎就在冲出去的一刹那，梅杰发出了一声怒吼，它的声音被淹没在温柔的夜风中；接着，多伊也发出了类似女高音的吼叫声，与梅杰的叫声相呼应；巴克那犹如喇叭一样的嗓音也齐声响应着；蓝斑小狗则发出了忽高忽低的吼叫声。

杰克和阿利斯站在那里望着彼此，满眼的欢喜。

杰克欣喜若狂地说道："猎犬们终于闻到那头狮子的气味了，跟着雪地上留下的新鲜脚印，这一次我们要找到那个凶手的老巢！"

"我还是认为你应该等约翰尼回来再说。"

"没有时间了。告诉约翰尼，等我拿到赏金后，我会拿出一部分补偿他。"

猎犬们直接跑向了岩石一带，杰克则转到一条小道上，这条小道与猎犬们所奔跑的方向一样。雪下得更大了，猎犬的声音逐渐消失在大雪中。杰克并不担心找不到猎犬，因为没有人步行着就能跟上一支奔跑着的猎犬队，即使是骑着马也很少有人能跟得上。但是，猎犬们不会一直沿着直线追捕，狮子一旦到了岩石一带，就可能会绕圈子。如果杰克足够幸运，他就能够预测它们会在哪里绕圈子，那么就可以缩短与猎犬之间的距离。若没有预测正确，他就需要尽量做好最完备的计划，一直往前走，直到他听见猎犬的叫声，然后再制订新的计划。

杰克走着走着，又改变了自己的行进方向，直接朝着西面走了过去。在黑暗中，他沿着岩石中的一道裂缝向上攀爬着，之前，他曾爬过这道裂缝不下数百次。到达岩石的顶端后，杰克又一次听到了猎犬的吼叫声，但是由于距离太远，声音很是微弱。

杰克越来越觉得自己这次一定能够成功抓到那头狮子。那头狮子早就逃跑了，并且它的速度很快。不过，猎犬们已经嗅到了它刚刚留下的足迹的气味，因此就不会把它跟丢了。这时，猎犬的声音又一次消失了。

杰克仔细听着周围的声音，当发现再没有猎犬吼叫时，他就用脚把松树底下的一些干树枝踩断，把它们收集起来，并在雪中用脚踢开了一片雪，露出一片土地，又将干树枝堆放在地上，然后划了一根火柴，点燃了那堆干树枝。当树枝燃起红色的火苗，并发出噼啪声时，他又添加了更多的干树枝。篝火在黑暗中闪烁着，从远处看就像一个光圈。这样，他就能够看清周围了。接着，他又去捡了一些大树枝，堆在火堆上。天空中飘落的雪花在火中发出轻轻的嘶嘶声。杰克困得打了个盹儿，但又不得不睁开眼睛注意周围的动静。

黎明慢慢向荒野逼近，远方已经出现了一缕微弱的光线。终于，杰克又听到了猎犬那短而尖的叫声。随着猎犬向杰克这个方向慢慢靠近，声音也变得愈加清晰。他推测，猎犬们一定追了很长的路，也许它们现在正在那头狮子后面追赶着，只不过没有抓到它而已，因为那头大狮子太聪明了。

就在这时，猎犬队的声音从一个地方传了过来。杰克立刻跳了起来，他知道猎犬们将那头狮子给困住了。

四　骏马裂缝

杰克站在那里待了一会儿，在采取积极的围捕行动之前，他想确认狮子是否确实是被困住了。这头狮子体形庞大，又那么聪明，也许它只是在一块岩石上面或一棵树上暂时地躲避追捕，它会再次跳起来跑掉的。杰克不想做出错误的判断，如果狮子并不是真的被困住了，那自己向吼叫着的猎犬跑过去只会一无所获，还会耗费体力。结果就是，只能等着猎犬继续追捕，直到它们真正将狮子困住。

狂风大作，猎犬的声音显得很微弱。但杰克在几分钟之后，就清楚地辨认出了四只猎犬的叫声。如果说狮子在追捕过程中进行过任何抵抗，或者说猎犬和狮子之前曾展开过战斗的话，那么至少目前所有的猎犬都安然无恙。

几分钟过后，在确定那头大狮子最终被逼上了树后，杰克就开始往猎犬吼叫的方向跑了过去。他欢喜雀跃地跑着，心里充满了满足感，就好像终于完成了一项漫长而困难的任务。几个月以来，他一直都在追踪那头狮子，现在，它终于落到自己手里了，或者说几乎落到自己手里了。因为，当他的凯恩猎犬将狮子逼上树后，它并没有逃掉。与此同时，他又感到一丝不安，他之前都不曾有过这种感觉。因为这头狮子非常聪明，毫无疑问，它比一般的狮子要多懂一两种花招，杰克知道，他必须多加小心。

杰克迈着轻快的步子走下山坡，来到一个树木丛生的碗形洼地的另一侧。他又一次置身于岩石之中。有一段时间，猎犬的吼叫声逐渐消失。于是，杰克走到山脊的边缘，吼叫声又一次可以清楚地听到了。他努力地倾听着，以确定声音具体是从哪个地方传来的，这样他就能知道猎犬是在哪里将狮子逼上树的。片刻之后，他终于知道了猎犬的确切位置。

那头狮子躲藏在一个叫死人之壁的石壁中，这个岩壁比周围山峦起伏的地方要高出100到300米，上面布满了各种形状的裂缝和裂纹，

第一章

还有几个岩洞。由于死人之壁上几乎没有树，所以狮子没有茂密的枝干作为掩护，它极有可能就藏在裂缝或岩洞中。不过这样也不错，重要的是，它已经被困住了。杰克以前也在岩洞中捉过狮子。

雪还在下着，地面上厚厚的雪已经涨到了杰克的脚踝处，而且没有任何迹象表明暴风雪会有所减弱，但这并不会严重阻碍他前进的步伐。至少现在来说，他不会因为这场暴风雪就停下对狮子的追捕。在他向前行进的过程中，猎犬们那自豪的吼叫声变得越来越响，虽然大风呼呼地刮着，但那叫声依然十分清晰。

杰克的脑海中开始展现出死人之壁的结构，他曾在那里攀爬过不下50次，现在，他通过倾听猎犬的吼叫声来确定狮子到底到了裂缝的哪个位置。想到这里，他不禁感到越来越高兴。在死人之壁的所有裂缝中，只有一道裂缝的两侧是陡峭却可以攀爬的峭壁，但同时顶端也是封闭的，也就是说，狮子在那里肯定会被困住的。那道裂缝叫骏马裂缝，其实这个名字取得并不恰当，因为没有马可以在那里上上下下。别说是马，很多动物都很难爬上去。根据猎犬的吼叫声可以判断，狮子好像就躲藏在骏马裂缝里。

杰克开始快速地跑了起来。他穿过一排小松树，想确认一下自己的判断是否正确。事实证明，狮子确实藏在骏马裂缝中。杰克停下来观察那里的情况。

在骏马裂缝的入口处，也就是峡谷和裂缝相连的地方，有一个两三米高的岩石壁架，上面只有手抓和脚踩的着力点。在裂缝中间，有两个岩洞、一些壁架和裂纹以及几棵树。而在裂缝的正中间，有一块呈尖塔状的岩石，上面布满了裂缝，像是被踩过无数次了。这块尖塔形的岩石顶端离地面大概有15米。

猎犬们正试着跳上那个两三米高的岩石壁架，但每一次都摔落到雪地上，疼得它们嗷嗷直叫，但它们却始终不放弃。在猎犬队的叫声中，梅杰的吼叫声占了上风，而巴克的声音和梅杰的不相上下。蓝斑猎犬也发出忽高忽低的吼叫声，多伊则发出了尖锐的叫声。杰克那粗糙的脸上洋溢着深深的满足感。

那头狮子不仅躲藏了起来，而且是躲在了一个不可能逃脱的地方。它根本无法从裂缝的另一端逃出去，而猎犬又死死堵住了这一端。虽然猎犬无法爬上裂缝入口处的岩石壁架，但是人可以。杰克弯下腰来轻轻抚摩着梅杰的头。

他高兴地说道："我们抓到它了，这一次它栽在我们手里了。"

就在杰克开始向上爬的时候，一阵大风吹弯了小树，吹得雪花漫天飞舞。杰克抬起一只手遮在眼睛前挡了挡风雪，可是他这么一动，脚下就打了滑，他一下子从壁架上摔了下来。步枪也从他手中飞了出去，摔落在了地上。他在风雪中摸索着，找到枪之后，他用戴着手套的手擦去上面的雪，卸下弹壳，并朝枪膛里吹了吹。接着，他又眯着眼睛往枪膛里看了看，发现里面是干净的，于是就继续沿着壁架向上爬。这时，他发现了狮子的脚印。

刚开始，脚印分布得比较稀疏，这说明那头狮子先是跳跃着奔跑，之后，可能是因为它发现猎犬根本上不来，就把脚步放慢了。

杰克心满意足地哼了一声。对于他来说，狩猎就是一份工作，一种维持生存的方式。所以，当猎犬追捕到猎物之后，他会理所当然地开枪射死那些食肉动物。尽管他从不会因为杀死这些动物感到愧疚，但他也从不会因为杀死它们而感到光荣。然而，如果能杀死这头大狮子，他会感到非常自豪，因为它不只是一头普通的狮子。它是杰克的仇人，一个曾经挑战过他，伤害过他，并让他深受折磨的仇人。而且，它还伤害过其他人，并将继续威胁着其他人和牲畜的安全，直到有人消灭它。杰克小心翼翼地沿着狮子脚印的方向走着，并不时地停下脚步，回头望望身后的猎犬所在的地方。

杰克走得很慢，他试图看清周围的一切，因为他非常清楚自己正在抓捕一头非常危险的猎物。一旦失足或者失算，情况好的话，那头狮子就会从他身边溜走；最坏的情况是，他会被狮子杀死。那头狮子之前已经扑倒并狠狠伤害了埃斯特班·奥雷盖，他完全没有理由认为，它在袭击别人的时候会有任何犹豫。

这头狮子为什么会被困在这里，杰克对此感到非常疑惑。如果它经常在悬崖这一带徘徊，就应该知道骏马裂缝对于任何进入的动物来说都是个陷阱。很有可能是因为猎犬将它从熟悉的地方一路追赶到了这里，而它又从来没有来过这里。是的，肯定是这样的。狮子之所以会进入这道裂缝，是因为它并不知道自己进入了一条死路。它那么聪明，绝对不会故意进入这样一个地方的。

杰克继续慢慢地移动着，搜寻着周围的一切。当一只松鸦突然摇动了一下尾巴弄出了一点动静的时候，杰克迅速把步枪托在肩膀上准备射击。当发现那只不过是鸟儿发出的声音时，他感觉自己的举动有些愚蠢，就把枪放了下来。此时，他既兴奋又紧张不安，他为自己的过分紧张感到羞愧，这可不是需要紧张的时候。

杰克追踪着狮子的脚印，爬上了一个陡峭的斜坡。他来到一棵矮小的松树旁仔细地搜寻着，却只看到一只耳朵像麦穗一样的松鼠在一根树枝上奔跑着，然后跳向另一根树枝，最后钻进了树洞之中。树上再没有什么其他的东西，而且附近也没有任何岩洞或地洞可供狮子藏身。于是，杰克一只手握着步枪，开始爬上另一个斜坡。在寻找每一个立足点的时候，他都会先用脚将上面的雪踢掉，因为被雪覆盖的斜坡是很危险的。松软的雪有时候会堵住一些地洞或裂缝，让人从表面上看不出来。如果不小心踏空了，就会有受伤的危险。爬上斜坡之后，杰克看到狮子的脚印一直通往另一棵松树周围的数棵矮雪松旁。他仔细地注视着那个地方，但并没看到什么。杰克开始担心起来。骏马裂缝就只剩下这四棵树，如果狮子不在这四棵树后面，那它一定是去了岩洞或裂缝中，那就意味着一切都要重来。

第三章

杰克已经追踪了它不知多长时间，多少千米，不想现在就放弃。

突然，他意识到自己正处于危险之中。

他看到狮子那粗壮的尾巴从他之前搜索过的一棵树后面露了出来，树旁有一片矮雪松灌木丛。杰克马上将步枪架到了肩膀上，扣动了扳机。让他不敢相信的是，枪竟然没有发出任何声音，他瞪大眼睛看着手中的枪，突然想起来，枪曾经从高处落到了地上。

紧接着，杰克看到那头狮子从树后冲了出来，它面目狰狞地咆哮着，像是戴了一张恐怖的面具，并露出了闪闪发光的尖牙……

在冬天，约翰尼的校车司机查克·杰克逊并不能总是按照学校的时间表来开车。因为对于悬崖一带来说，冬天是个不可预测的季节。一个小时之前刚刚清理过的道路，也许现在又重新积了一层新下的雪。这个周五的下午，一场暴风雪正在酝酿之中，查克按惯例准时把校车开走了。因为这是通往峡谷一带唯一的一辆校车，所以任何没有及时上车的学生，都必须自己想办法回家。

约翰尼和鲍勃·卡鲁没有坐上校车回家，而是留下来参加一场戏剧表演，为的是给学校的足球队进行募捐。表演过后，他们会坐着鲍勃爸爸的车回家。好不容易将台词念完了，他们如释重负，奔向衣帽间，脱掉演出服，穿上了自己的休闲服。

鲍勃问道："你觉得咱们演得怎么样？"

约翰尼坚定地说道："我越是看其他演员的演出,尤其是那些演得好的,就越是羡慕。但是,这毕竟是我在舞台上的第一次演出,而且以后也不会再演了,因此我已经非常满足了。"

"至少没有人向我们扔烂菜叶。"

"那是因为观众手里没有烂菜叶。不知道这场演出为韦斯顿教练筹集了多少钱,不过我想应该能让他满意。"

"我也不知道,但肯定不少。因为看演出的人实在太多了,连后面都站着很多人。"

"那些站在后面的人可能都听不到台词——听那风声!"

　　鲍勃很不开心地说道："我正听着呢！这意味着我明天得帮我爸爸去寻找那些被暴风雪困住的小牛！"

　　约翰尼沾沾自喜地说道："让你的鼻子离开你的那些书一阵子，我想也没什么不好的。毕竟，你老干一件事，总是会烦的。我呢，会去打猎。下这么大的雪，杰克·凯恩一定会放猎狗出去打猎的。"

　　鲍勃抱怨道："唉，我真希望自己住在南海的小岛上。快点儿，约翰尼，我们去找我爸爸吧！"

　　他们走到了教室外面，天空中飞舞着漫天的雪花。雪花堆积在路灯上，都快将路灯遮住了，所以，街道上的灯光显得非常柔和。人行道上的雪已经深及人的脚踝。一辆扫雪车沿着公路轰轰烈烈地工作着，缓缓前进，看起来就像史前怪兽。约翰尼非常高兴，他天生就是个出色的猎人，当然会喜欢这种适合捕猎的天气。因为狮子会在雪中留下它们的脚印，所以杰克一定会出去打猎的。约翰尼甚至在想，也许他们还能抓到那头大狮子呢，但他并不抱多大希望。

　　他们走到了一个会合点，在那里，鲍勃的爸爸还有其他牧场主正和林务局的代表讨论建立新牧场项目的问题。约翰尼和鲍勃就站在一边等着，直到讨论结束。然后，他们和卡鲁先生一起坐上车回家。街道上一片寂静，三个人一声不吭地坐在车上，卡鲁先生满脑子都是牧场主们刚才提到的问题，约翰尼和鲍勃则因为参加戏剧演出而感到疲倦。汽车开到了小镇的边缘，最后一盏路灯在冰雪覆盖的背景下发出暗淡的光。不一会儿，他们的车已经开到了松树林中。一群长耳鹿蹦蹦跳跳地越过了公路，它们的眼睛在汽车前灯的照射下显现出浅浅的琥珀色。卡鲁先生的车沿着一条长长的、通往峡谷的下坡路行驶着，最终到达了一条砾石小路的路口，这个路口通往杰克和阿利斯家。卡鲁先生正要往下开的时候，约翰尼让他停下了车。

"到这里就行了，我可以自己走回家。您的车子开到里面的话，很容易卡住的。非常感谢您！"

"不用谢，约翰尼。晚安！"

鲍勃用嫉妒的语气向外喊道："捕猎顺利！"

当约翰尼踏上砾石小路的时候，柔软的雪花打着旋儿地在约翰尼身边飞舞着。现在路面上还没有任何脚印，在夜色中，被雪覆盖的砾石小路呈现出美丽的弧线。约翰尼一边走路，一边想着明天打猎的事，他知道杰克肯定不会错过这么一场雪的。和杰克打猎不仅好玩，而且总能学到一些新的东西。尽管职业猎人的时代已经成为过去时，但是狩猎和野外生活的知识对约翰尼来说依然有用，因为这和森林工作者的工作息息相关。杰克告诉他，在有些地方，几乎所有的山猫、狐狸及丛林狼都被抓光了，结果造成那些地区的囊鼠、老鼠和长耳大野兔泛滥成灾。约翰尼还知道，有些地区对食肉动物进行了严格的控制，可结果事与愿违。当局几乎消灭了所有的山猫，而本来长到三米多高时会在顶端开出花的丝兰，在山猫没了之后，就再没有开过花。研究表明，丝兰是由某种特定的飞蛾来传粉的，而这种飞蛾已经被老鼠吃光了。根本原因是没有山猫来对付这些老鼠，老鼠就大量繁殖。所以，只有让山猫再一次出现在这一地区，丝兰花才能重新开放。

当看到自家房子还亮着灯的时候，约翰尼很是惊讶。通常阿利斯黄昏以后就上床睡觉了，而且不到日上三竿他是不会起床的。约翰尼的心里充满恐惧，他马上跑起来，心想也许发生了什么事情。

约翰尼冲进屋内，看到爷爷正坐在桌前。阿利斯看起来很疲倦，而且闷闷不乐，但还好，他看起来并不像生病了。

老人低沉地说道："脱掉外套，孩子。喝杯热咖啡，暖暖你的肚子。"

约翰尼摘掉头上的帽子，脱掉外套，踢掉脚上的套鞋。他一边抿着阿利斯给他倒的滚烫的咖啡，一边用期待的眼神望着爷爷。他注意到那两只老猎犬并没有待在炉子旁边，平时它们都是待在那里的。

就在这时，阿利斯清了清嗓子说："约翰尼，那头狮子又一次发起了攻击，"老人犹豫了一下又接着说，"它把你的三头小牛都杀了。"

约翰尼强忍住哽咽声，他想到了自己在阿布的沟渠旁度过的漫长而炎热的日子。为了得到这三头小牛，他每天挖沟渠，手上都不

知磨出了多少水泡。接着，他让自己镇定下来，疑惑地望着帕特和桑德经常躺着的地方。

"它们也被杀了。"阿利斯心痛地说。这个老猎人的最后两只老猎犬也被杀了。现在，除了他自己，过去那些狩猎的日子什么也没有给他留下。

"它们当时正在外面徘徊，谁知那头狮子居然来了，它们就和狮子撕打起来……"

约翰尼理解爷爷的感受，他轻声说道："我感到很遗憾，爷爷。"

阿利斯耸了耸肩说："这种事情以前也发生过，以后还会发生，但再也不会发生在我身上了。杰克已经和他的猎犬一起去追踪那头狮子了。"

"在晚上？"

"我想让他等你回来后一起去，但他就是不听。他说雪上留下了狮子新鲜的脚印，如果等你回来后再去，那些脚印可能就被雪填满了。不过，他说得也对，确实是这么个道理。至于你的那三头小牛，我也感到很难过，约翰尼，要是我们之前把小牛赶到粮仓里就好了。"

约翰尼苦笑了一下说："是啊。杰克有没有告诉你，他去哪个方向了？"

"谁知道狮子的脚印会通向哪里呢？但可以肯定的是，它一定是去了偏远的山峦起伏的地方。"

"爷爷，你是不是也认为它就是那头在这附近逞凶肆虐的大狮子？"

"肯定是的，就是那头狮子！"

"简直让人难以置信！居然会有一头狮子如此憎恨人类，以至于用这种方式肆意地发泄！"

"别吃惊了，约翰尼。这毫无疑问就是同一头狮子所为。"

"那么它可能不会爬树了。"

"这个我就不确定了。不管怎样，它先离开了。但在它杀死你的小牛后不到15分钟，杰克的猎犬就去追它了。所以，它也领先不了多远的距离。不过，只要它有机会，就会跑到不会留下脚印的地方，这样，猎犬就不会追它追得那么紧了。因为它之前就是这么做的，所以这次一定还会这样做。"

约翰尼疲倦地说道："我最好还是先把小牛收拾了。"

"我已经弄好了，并且已经把它们拖到粮仓里了。"

"那我明天清早就动身，看看是否可以找到杰克，并帮他一把。"

"那个时候脚印都已经没了，你就只能盲目地去找他了。"

"我知道，不过我还是有可能找到他的。"

尽管约翰尼因为失去小牛而倍感伤心，但他那天晚上依然睡得很香，直到早上的闹钟将他吵醒。他从床上一跃而起，匆忙穿好衣服，踮着脚尖走下楼梯，望了一下帕特和桑德曾经趴过的地方。

约翰尼点燃了炉子里的火，将咖啡壶放到炉子上面加热，然后做了香肠馅饼，并用油煎了一下。吃完早餐后，他把两个三明治和一盒子弹放进捕猎夹克的一个口袋里，然后抓起步枪，离开了家。

不知道昨晚什么时候，暴风雪慢慢停了下来，地面上松软的雪已堆积到十几厘米厚，刺骨的寒气将约翰尼的脸颊都冻麻了。他望着面前拔地而起的悬崖，心里顿时生出一种无助的感觉。这一带面积太大了，一个人和一支猎犬队显得如此渺小。狂风卷着雪猛烈地刮着，掩盖了所有的踪迹。所以，要想循着脚印找到杰克，希望并不大。

这时，他想起了昨晚所走的砾石小路。当时，铺满雪的地面上并没有任何人或动物的脚印，而约翰尼经过那里的时候，风根本就不大，不足以刮掉所有的脚印。因此，他推断狮子没有沿着那条路走，它一定是去了砾石路南面那一带。但是它去哪儿了呢？

约翰尼努力地想着。阿利斯说过，猎犬把狮子逼得太紧的话，狮子为了能够摆脱猎犬的追捕，会试图走到留不下踪迹的地方，小溪就是答案。约翰尼还记得一个旧的理论，就是人们认为猫科动物都不喜欢水。他本人却知道，有些猫科动物会游泳甚至喜欢游泳。除此之外，对水的害怕并不能阻挡一头被猎犬穷追不舍的狮子跳进水中。

但是，狮子是去了小溪的上游，还是下游呢？约翰尼站在那里思考了一会儿，试图找到答案。然后，他开始朝小溪的上游走去。杰克的家在小溪的下游，对于一头刚刚逃离犯罪现场的狮子来说，不大可能会选择一条经过人类居住区的路线。还有就是，离这里最近的荒野和山峦起伏的地方是位于上游的。

在离开家两个小时之后，约翰尼已经完完全全糊涂了。他知道自己站在哪里，也知道回家的路怎么走。但到现在为止，他没有看到狮子和猎犬队来过这里的任何迹象。它们可能在任何地方，也许他根本就还没有踏入它们的活动范围。

在他面前是凹凸不平的死人之壁。他一只手握着步枪，两只脚和另一只空着的手寻找着着力点，然后沿着皮达克裂缝爬上了死人之壁。

爬上死人之壁的顶端后，约翰尼就站在那儿倾听着周围的声音。风猛烈地刮着，抽打着他的脸。现在，他感到心神不安，甚至已经确定自己误入了歧途，并且在错误的方向上走了很远。但这一天已经快过去了，没时间再去寻找新的线路了。由于什么也没有听到，他就坐在一块巨大的圆石后面避风休息，并生起了一小堆火，把之前带来的三明治给吃了。然后，他无所事事地坐在那里，享受着篝火的温暖，同时思索着下一步该怎么做。突然，遥远的前方传来了微弱的犬吠声，打断了他的思绪，他终于听到猎犬的叫声了。

约翰尼急忙站了起来，微微抬高下巴，以便听得更清楚。狂风肆虐着，发出怪异的声音，就好像是绕着那块大圆石和凸出的壁架发出的口哨声和呻吟声。他本以为自己又一次听到了猎犬的叫声，却发现那只是风的声音。最后，他再一次听到了猎犬的吼叫声，而且非常清晰。

听声音，猎犬们离这里应该比较远，但他能辨认出梅杰那低沉的咆哮声和多伊那刺耳的尖叫声。约翰尼开始朝着声音传来的方向跑去。两只猎犬的叫声是从同一个地方传来的。也许它们将狮子逼到绝境，正朝它吼叫呢。约翰尼仔细地倾听着，但没听到杰克的步枪的枪声。这说明，杰克还没有杀掉那头狮子。杰克有可能离得太远了，还没有找到猎犬的位置。不管怎样，只要有人杀了那头狮子就行，谁杀都是一样的。

约翰尼最终看到了猎犬队，但只有梅杰、多伊和蓝斑小狗，没有红毛小狗巴克。而且这些猎犬也不是朝着狮子可以藏身的任何树木或岩洞吼叫着，而是犹豫不决地来回踱着步子。它们看上去很迷茫，就好像遇到了什么陌生的情况，不知道该怎么做。约翰尼又向前走了一段距离，终于看到了让猎犬们烦恼的原因。

它们正站在悬崖上一条又长又深的裂缝边上。它们无法跳过去，但对狮子来说这就是小菜一碟了。尽管猎犬们前前后后地跑着，已经把裂缝这边的狮子脚印踩没了，但在裂缝对面的悬崖边上，狮子的脚印仍清晰可见。因为周围根本没有其他脚印。很显然，杰克正在悬崖附近的某个地方寻找着猎犬。也许，就如约翰尼一样，杰克正在往高处的悬崖上爬呢，因为在高处听声音比较清晰。

梅杰阴郁地走到约翰尼面前，发出悲伤的呜呜声。当约翰尼弯下腰轻轻抚摩这只老猎犬的头时，他心里很难受。巴克没有和它们在一起，通常情况下，当其中一只猎犬离开了追捕大型猎物的猎犬队时，只有一个原因可以做出解释，那就是在追捕狮子的过程中，它们一定在某个地方追上了它，并和它战斗起来，就在那个时候，巴克被杀了。想到这里，约翰尼的悲伤转化成了愤怒。在他见过并想拥有的所有追捕大型猎物的猎犬中，巴克排在第一位。

约翰尼怒气冲冲地说道："走，梅杰。"

老猎犬梅杰、多伊还有蓝斑小狗尾随在约翰尼身后。当约翰尼带着它们绕到了裂缝对面的悬崖时，他们找到了狮子留下的脚印。这时，梅杰又闻到了狮子的气味，它开心地发出了想要战斗的咆哮声。三只猎犬立刻冲了出去，约翰尼望着它们离去的背影，试图推测出它们的行进路线。同时，他自己也跑到了松树丛中躲藏起来。这样，如果狮子兜了一圈回来了，他就可以在狮子看不见的地方开枪。但猎犬们越跑越快，最后完全听不见它们的叫声了。

约翰尼郁郁寡欢地沿着皮达克裂缝从悬崖上爬了下来，走回了家。阿利斯在家里等着他，如果他不赶快回家，阿利斯一定会非常担心的。但杰克不一样，只要他愿意，他就可以一直待在悬崖一带。如果他一个星期甚至是更长时间都没有回家，也不稀奇。即使是在冬天，他依然可以在外面待很长一段时间。所以，约翰尼没理由担心杰克。

约翰尼回到家的时候，天已经黑了。阿利斯用怀疑的眼光望着他。

约翰尼说："我没有看到杰克，但我发现了他的猎犬。更确切地说，我只发现了三只猎犬。"

阿利斯坐在那里一声不吭。很长一段时间后，约翰尼又接着说："那只红毛猎犬没有和它们在一起。"

第一章

阿利斯摇了摇头说："它一定是挡住了狮子的路，被狮子给杀了。它是一只出色的猎犬。你是在哪里找到猎犬队的？"

"就在死人之壁后面的鳄鱼头附近。那头狮子跳过一道足够宽的裂缝，因为狗跳不过去，就被留在了裂缝的一边。我带着它们绕过裂缝，到了裂缝对面的悬崖上，它们重新找到了狮子的痕迹。我想，我再采取其他的行动可能会把事情搞砸，使杰克产生混乱，所以我就回来了。"

阿利斯表示同意："是的。杰克自己能追上那些猎犬的。"

"你觉得杰克会在悬崖一带待多久？"

阿利斯耸了耸肩说道："只要他认为还有机会抓到那头狮子，他就不会回来。现在，狮子把他的红毛猎犬给杀了，他肯定比以前更生气了。"

约翰尼说："我明天得再回去看看，明天是周末，我不用上学。"

第二天，约翰尼又去了悬崖附近，而且寻找了一整天，但他并没有找到狮子的踪迹，也没有见到杰克或听到猎犬的叫声。

第三章

一 凶 手

当猎犬们刚开始追踪那头狮子时，正如约翰尼所猜测的，狮子选择了走水路。它跳进了小溪之中，蹚着水前进，这让猎犬暂时找不到它的踪迹。不过，后来猎犬们发现了狮子的伎俩，就又继续追了上去。

在追捕的整个漫长的夜晚，猎犬们向狮子吼叫了两次。其中一次它们将它逼到了一道裂缝的边缘，那道裂缝很短却很深，而狮子就站在那旁边一棵倒下的树上。狮子和它们对峙着，龇着牙咆哮，粗壮的尾巴猛烈地甩动。当蓝斑小狗跑到离它非常近的地方时，狮子用一只前爪猛地挥了过去，将蓝斑小狗打到了几米之外的雪地中。幸好打偏了，要是正好打中要害，那这只小狗就没命了。谨慎是这些猎犬的又一个特征，它们都知道离这样一头大狮子太近是很危险

137

的，而蓝斑小狗之所以会离得那么近，是因为它还没有足够的经验。但是，它是一只凯恩猎犬，凯恩猎犬血统里天生的敏捷救了它一命。

这时候，狮子转过头，纵身一跃，跳到了裂缝的对面，将猎犬队甩在了身后。猎犬们可跳不过去，它们必须找到其他的路到达裂缝对面的悬崖上。可当它们到了对面之后，狮子早已离开了。尽管它的脚印已经被雪覆盖了，但是气味仍然存在，猎犬们依然循着气味找到了它。

猎犬们第二次朝着狮子吼叫是在黎明前一小时。当时，狮子爬上了一个岩石陡坡，陡坡上有很多凸出的小岩石。巴克紧跟在狮子的后面，突然，它一下子跳了起来，撕下了狮子下腹的一大块皮毛。狮子顿时暴跳如雷，它转过身打算和猎犬们一决高下。但猎犬们逼得很紧，它不得不一直向后退。当多伊冲过去攻击它的后背时，它迅速转过身回击。虽然这头狮子体形庞大，但速度却非常快。不过，多伊也很聪明，不会轻易落入陷阱，它避开了狮子的攻击，只留下一点点擦伤。然后，狮子拔腿就跑。

狮子每一次跳跃都能跃出去几米远，它急速向骏马裂缝狂奔着，猎犬们吼叫着穷追不舍。狮子之前只来过这里几次，而每次又都是从一座山徘徊到另一座山。这一次它找了一个自己能爬，但猎犬不能爬的壁架。因为狮子太累了，它想要休息一下。

它沿着骏马裂缝入口处的岩石壁架开始往上爬，猎犬们在下面朝着它疯狂地吼叫。往上走了一段距离后，它回头望了望下边的猎犬。当然，它并不害怕它们，但是狮子的原则是，除非自己觉得有必要，否则一般是不会和任何动物交手的。狮子根本没有注意到，其实它正在进入一个陷阱。又向上走了几步之后，狮子到了一个岩石壁架上，它伸了伸腰，就趴下了。

虽然猎犬们在下边狂乱地叫着，但狮子并不觉得自己受到了多大的威胁。它们愿意怎么叫就怎么叫，狮子一点都不在乎。要知道，狮子的警觉性即使是在睡觉的时候也不会丧失。狮子知道这些猎犬的吼叫声最终会把猎人引来，但它也并不是特别害怕他们。它心想：

如果猎人来了，自己只需要爬到骏马裂缝的顶端，然后再跑掉就是了。自己现在可以休息，而猎犬们会因没完没了地吼叫而耗费体力，就不会再有力气追它了。想到这里，狮子心安理得地打了个盹。

在这段时间里，它起来过一次，伸了伸懒腰，在周围走了走，然后朝下面吼叫着的猎犬望了一眼。有一瞬间，它很想跳下去扑到它们身上。这样，在猎犬们躲开之前，也许至少可以抓到并杀死一只。但它知道，如果这么做，其他猎犬一定会攻击它的。它身上被巴克撕掉一块皮的地方还隐隐作痛，这时刻都提醒着它，这些猎犬能对它造成什么样的伤害。于是，狮子又趴了下来。

突然，它完全清醒了，因为它察觉到有人正在朝这边走来。狮子以前曾经闻过杰克的气味，但它并没有将这种气味和任何具体的事件联系到一起。狮子站在那里一动不动，嗅着风吹来的气味，从而判断那个人到底走到哪里了。然后，它悠闲地伸了个懒腰，活动了一下筋骨，开始慢慢地往骏马裂缝的顶端爬。

五分钟以后，它终于知道自己走进了一个陷阱。因为骏马裂缝的顶端并不是一条可以逃跑的狭窄通道，而是一面完全垂直的高达30米的岩壁。岩壁的表面非常光滑，连一个爪子的立足点都没有。狮子绝望地转过头，望着裂缝下面，并嗅着风中的气味。杰克已经找到了猎犬，并开始往裂缝上面爬。

见到杰克往上爬，这头美洲狮就发疯似的想要找到一条出路。

它悄悄走到裂缝的一侧，但那里也没有出路，岩壁陡峭而光滑，根本无法攀登。这时，狮子突然直立了起来，望向裂缝的顶端。向上爬已经不可能了，于是它四肢着地，紧张地思索起来。

当杰克离它近到让它感到害怕的地步时，它跑到了裂缝对面的另一面岩壁旁。可是那里也非常光滑，无法攀登。绝望笼罩着狮子，它被困住了。

此时，狮子的脑海中回想起自己小时候被关在笼子里的漫长岁月。它不禁怒火中烧，因为那一切仿佛就发生在昨天。被关起来的那段时间，它有足够多的时间来研究人类，现在它对人类的了解绝对超过其他任何动物。它知道自己必须逃脱，没有其他的办法。它那狡猾的大脑又开始盘算着一系列的行动。

尽管和鹿或者熊比起来，它的鼻子显得有些迟钝，但和一个普通的人类相比就灵敏多了。打着旋的风迎面吹来，通过风里飘来的气味，它能够知道杰克具体站在哪里，在做什么。这头美洲狮精心地盘算着：在一棵高大的松树下有一片矮雪松灌木丛，自己可以悄悄地潜到里面藏起来。于是，它压低身子，就像准备扑向一头小鹿一样，连尾巴梢都静止不动，等待着那个人的出现。不一会，它看到他了。

狮子目不转睛地盯着杰克，纹丝不动地等待时机。它那琥珀色的大眼睛跟随着杰克的一举一动，杰克走到哪儿，它就盯到哪儿。但它一直都没有动，因为它知道，到目前为止自己还没有被发现，它在等一个机会。就在被发现的那一刹那，它从灌木丛中跳了出来，像扑向小鹿一样扑向眼前的那个人。尽管它把那个人按倒在地，并亮出了自己的尖牙，但它仍然感到有点害怕，就像之前袭击羊群的时候撞见牧羊人一样。但这一次，它知道自己陷入了绝境，在绝望的驱使下，它已经不知道什么是恐慌了。

当它用一只爪子按在那个一动不动的人身上时，它意识到人原来这么容易死掉。即使是一头小鹿，它还要挣扎几下，但这个人被扑倒后就没了动静。它好奇地闻了闻杰克的身体，发现他确实死了，再也不会对自己造成任何威胁。

在下面的裂缝入口处，猎犬们仍旧徒劳地跳跃着，但壁架挡住了它们的去路，它们无法上去。巴克像其他猎犬一样，焦急地想要爬上壁架，与狮子交手。但除此之外，它的心中还有一种更强烈的想法：它担心杰克的安全。从一开始，它就全心全意地爱着杰克，而现在，这只红毛猎犬察觉到杰克好像出事了。

它不再吼叫，而是不安地哀号着，就好像这样可以让杰克从那不可逾越的斜坡上探出头。杰克没有出现，巴克就慌张地踱着步子。它试图爬上壁架，然而当它爬到近两米的时候，就累得喘不过气来，一下子跌落到雪中。接着，它坐在那里望着面前的岩壁。如果杰克没有爬上裂缝，它会将这面岩壁看作一个无法逾越的障碍。但杰克现在在上面，巴克必须走到他身边去。

岩壁几乎与地面垂直，它的表面到处都是鼓出来的岩块。这些凸出的岩石在裂缝的一侧随意地分布着，一直通往离裂缝顶端四五十厘米的地方，那里有个十几厘米宽、近一百厘米长的岩架凸出于岩壁的表面。巴克又一次向上爬着，这次，当它从岩壁上掉下来的时候，是它自己跳到了雪地上，所以并没有摔倒。有好一会儿，巴克没有去留意其他猎犬，它来回游荡着，试着在不同的地方向上爬。

这一次，它不再直着爬，而是先将一只爪子踩到一块凸出的岩石上，然后再斜向一边够到另一块岩石。有那么一秒钟，它摇摇晃

143

晃的，差点儿掉了下来。不过，它又恢复了平稳，并伸出前爪去够下一块岩石。接着，它将两条后腿也一起踩了上去，四条腿就像猫一样簇拥在一块岩石之上。同时，它的身子倚靠着岩壁，以保持稳定。就这样，它一点一点地向上爬着。每当找到一个立足点的时候，它的身体都会前后移动。最终，它慢慢爬到了那个十几厘米宽的岩架上。踩着这个岩架，它到了壁架的顶端。

现在，巴克的鼻子里满是狮子的气味，它恨不得立刻冲过去。然而，它看到那头狮子正站在杰克的身上。狮子的喉咙里发出呼噜呼噜的声音，龇着牙朝巴克低吼着。接着，狮子突然爆发，急速地朝裂缝飞奔而去，猛地跳下壁架，从三只猎犬的头上跃了过去。巴克听到猎犬队的同伴们发出了雷鸣般的吼叫声，然后追着狮子跑远了。它也非常想加入到它们当中去，但它不可以。尽管它不确定刚才这里到底发生了什么，但它相信肯定是出了什么差错。所以，它并没有去追狮子，而是温柔地走到杰克身边。

杰克的一只胳膊弯曲着放在脸上。巴克心神不安地嗅着，然后用舌头温柔地舔着杰克的脸。它用一只前爪轻轻地拍着他，力量轻如鸿毛。见杰克没有反应，巴克急切地叼着他的衣服，轻轻地拽着，但杰克还是没有任何动静。最后，巴克哀号起来。

杰克一动不动地躺在那儿，巴克就紧紧地依偎在他的身边，目不转睛地盯着他。然后，它又转过头嗅了嗅狮子的气味。闻到这种气味，巴克脖子上的毛都立了起来。但这并不是因为它领会到主人的一动不动与狮子之间有任何关联，仅仅是因为它恨狮子。倘若它的第一职责不是待在杰克旁边守护他，它早就和猎犬队一起去追赶狮子了。

下午已经过去，傍晚悄悄来临。巴克仍旧守候在它那一动不动的主人身旁。它非常焦虑和烦恼，因为它深爱着杰克。很显然，在主人身上发生了什么事情，因为他的身体散发着死亡的味道，而巴克总能从其他被杀死的猎物身上闻到同样的味道。巴克坐在那里，朝着寂寞的天空发出心碎的呜咽声。

第二天早上，一只松貂冒险想要接近杰克的尸体，巴克张牙舞爪地朝它扑了过去，并一直追着这个毛茸茸的小东西到了一棵树上，看着它穿过树枝，到了另一棵树上。虽然杰克的尸体静静地躺在雪中，但巴克一直都待在他身边站岗。当那只松貂被巴克追到了视线之外时，巴克又回到了杰克身边。

那一天，还有接下来的一天，巴克都从早到晚地守护在主人的身旁，没有吃任何东西，只是偶尔舔一下雪来解渴。雪一直下着，将杰克的身体都掩盖住了，巴克用爪子推开雪，伸展身体，紧紧地趴在杰克身旁，不时地发出断断续续的呻吟声。杰克的身体已经僵直而阴冷，巴克以前看到过许多死去的动物也是这样，而且它们再也没有醒来。渐渐地，巴克的心中深深地埋下了仇恨的种子。

巴克的大脑和人类是不一样的，它不能将杰克的死与那头狮子

联系起来。但是，巴克拥有捕猎、生存和死亡的基本知识。它知道，杰克在遇到狮子之前是活着的，它也看到那头狮子站在杰克的身上，它本能地感觉到两者之间有一种联系。于是，它的愤怒变成了一种疯狂的暴怒。在发出一声长长的哀号之后，它离开了杰克，从这个很难爬上来的壁架上跳了下去，独自朝着被冰雪覆盖的荒野走去。

　　狮子和其他三只猎犬的气味早就消失了，巴克根本不知道要去哪里找那头狮子，但它要找到狮子的决心是那么强烈。巴克拥有捕猎的天赋，而现在它只想捕到那头狮子。不管用什么办法，不管走到哪里，它一定要再一次找到那头狮子，那头杰克在骏马裂缝里遇到的狮子。找到它之后，巴克要和它一决生死。

巴克仅仅靠运气就走到了皮达克裂缝，并到达了死人之壁的顶端。然后，它大踏步地穿梭在雪中，但跑得并不匆忙。因为在它的意识中，只有在特殊的情况下，才有必要着急。它遇到一头被狮子杀死的鹿，就吃了起来，然后蜷起身体躺在食物旁边睡着了。那头杀死这头鹿的狮子因为没能再次成功捕到猎物，就返回来想要饱餐一顿。但是，巴克面对那头狮子毫不示弱地竖起了毛发，狮子吓得逃跑了。当它消失在树林之中的时候，巴克并没有去追。要是平时，它一定开心地叫着追上去，而现在它只想抓到那头大狮子。

第二天，巴克继续在雪中小跑着，来到了一片山杨树林，在山杨树的中间，还生长着一些松树。当巴克从一群北美黑尾鹿群中穿行时，那些鹿都吓得四下跳开了。巴克并没有去追它们，也没有想过去追，因为它现在是一只一心只想抓住那头狮子的猎犬。之前的训练和自身的本能告诉它，它必须猎捕那头狮子。它从没有想过要独自去捕获自己的猎物，也没有尝试过这么做。不过，到处都能找到被狮子杀死的猎物，所以它并不需要亲自抓捕猎物，也不会挨饿。

巴克也没少闻到狮子和山猫的气味。在山杨树林中，它发现了一头母狮和两头没有完全长大的小狮子曾待过的窝。同时，那个地方到处散落着鹿毛和鹿的骨头，还散发着狮子的臭味。这气味引起了巴克的注意，它到处嗅了一下，但并没有循着这气味去寻找狮子，因为它对这些狮子没有多大的兴趣。此外，它还发现了一个地方，一头雄狮在那里建立了自己的领地。巴克追了它500米，最后将狮子逼上了树。尽管巴克在树下足足吼叫了20分钟，却叫得漫不经心。

三天之后，巴克又回到了骏马裂缝，就像之前一样，它斜着身子艰难地爬上了岩壁，然后蜷着身子躺在雪中，紧紧地依偎在主人身边，巴克感到了些许满足。只要能够待在主人身边，它就感到很欣慰。

巴克在杰克的尸体边待了一整天，然后又动身去了悬崖一带，不停地寻找那头大狮子。它从未想过放弃对那头狮子的追捕，找到狮子并和它决一死战，已成为巴克心中最强烈的渴望。尽管它偶然看见过几头体形较小的狮子的脚印，却没有发现那头大狮子的踪迹。

那天，狮子在骏马裂缝的入口处从三只猎犬的头顶上一跃而下之后，它并没有停下来和它们交手。相反，它一路奔跑，跳到了死人之壁的一个壁架上，然后又不停地向上跑着，一直到了死人之壁的顶部，才转过身来听着猎犬的叫声。

它听到猎犬们在吼叫，不过它们仍在死人之壁的底部，至少暂时被自己甩在了身后。狮子开始往石壁顶端的松树林走去，杀死杰克后，它的心中燃起了一种权力感。以前它一直认为人类是一种让它望而生畏的超级生物，但现在看来，人类并没有多强大。杀死那个人就和杀死那两只老猎犬一样容易。

现在，这头狮子就是一头残酷而恶毒的野兽，比以前要危险十倍。它继续在森林中穿行着，尽管它不会轻易和人类正面对峙，但它再也不害怕人类了。如果有人追踪上它，它也知道如何对付他们。

还没走出一千米，狮子又听到了梅杰、多伊和蓝斑小狗的叫声。它们找到了一条可以爬上岩壁的路，上来之后，就循着狮子的气味疯狂地吼叫。狮子转过头倾听，然后发出了厌恶的低吼声。它不是特别害怕那些猎犬，但它们确实对它构成了威胁，并令它感到厌烦。

狮子本来正在休息，听到猎犬渐渐朝它逼近，就马上跑了起来。它对这一带并不是很熟悉，猎犬们将它从自己熟悉的壁架和裂缝一带赶到了这里。现在，狮子正匆忙地往自己熟知的地方跑去。它来到悬崖附近的一道又长又深的裂缝中，转过身来想要进行一场孤注一掷的决斗。

它们之间的对抗一直持续了半个小时，难分胜负。猎犬们只要一有机会就去撕咬狮子，而狮子也试图按住其中一只猎犬，但一直没有得手。于是，它跳到了裂缝的对面，逃跑了。不过，它还是很紧张，因为它确信猎犬还会再追上来。过了好久，它没有再听到猎犬的叫声，就放慢了脚步。跑了这么久，狮子感到很饿，于是就潜行着慢慢靠近一头鹿并杀死了它。可就在它正准备吃的时候，它又一次听到了猎犬的吼叫，无可奈何之下，它只好又跑了起来。它来到了一个倒塌的岩石堆旁。这时，三只猎犬吼叫着冲出森林，向它扑了过来。狮子转过身面对它们，等着猎犬靠近自己。当它们靠得足够近时，它猛地扑向了梅杰。

不过狮子仍然没有成功。尽管梅杰已经很老了，但它见过太多狮子，非常了解它们的想法，也知道对方下一步会出什么招。所以，当狮子向自己扑来的时候，梅杰马上就闪到了一边，而多伊和蓝斑小狗则从背后进攻狮子。狮子迅速转过身对付它们，挥着爪子给了蓝斑小狗一记侧击，一下将蓝斑小狗打到了一边。当它正准备追上去的时候，梅杰和多伊又开始在它的两侧进行夹击。

狮子不断地发起攻击，但它既愤怒又有挫败感。从体形上讲，三只猎犬加在一起也远不如狮子的个头。猎犬们也清楚地知道这一点，所以总是和它保持着一定的距离。它们就是想让狮子着急，让它无法脱身，并在围堵的过程中尽可能地给它造成最大的伤害。梅杰悄悄溜到狮子的侧面，用嘴咬掉了狮子的一块皮毛，还没等狮子转过身回击，它就已经躲开了。

狮子没有继续和猎犬战斗，而是借机转过身，跳到了一块岩石的顶端，并从那里跳到了一个绝壁的壁架上。它沿着壁架小跑着，发现了几个只有狮子才能攀登的立足点，于是就三下五除二地爬了上去，来到了绝壁顶上的一片树林里。这时，它又转过身来仔细听着猎犬的叫声，发现已经听不到猎犬的吼叫声了，就轻松地穿过雪地，走下一个斜坡，来到了一个长满雪松的峡谷。它知道在这里可以抓到鹿。之前被猎犬追得太紧，一直没有机会吃东西，它已经饥肠辘辘了。

走到雪松林中后，狮子发现前方有几头鹿，就将身体压低，肚子贴在地面上，缓缓地潜行。此时，它目不转睛地盯着其中一头鹿。而在它的前方，有两头鹿正在吃草。狮子趴在那里一动不动，专心致志地守株待兔。当它们靠得足够近时，狮子立刻冲了出来，扑向其中较大的一头鹿。那是一头雄鹿，鹿角闪闪发光，此时正在不停地踢着两条后腿。狮子将它紧紧咬住，雄鹿一下子摔倒在了雪地上，同时猛烈地挣扎着，直到狮子的利齿咬断了它的脊椎。

狮子站在自己的猎物身上待了一会儿，它甩着尾巴，琥珀色的眼睛闪着亮光。然后，它就开始大口大口地吃了起来，尽情地撕扯着鹿身上的肉。吃饱之后，它就用棍子和树枝将剩下的鹿肉盖了起来。一般来说，狮子比较喜欢吃刚杀的猎物身上新鲜的肉，所以，如果它能捕到另一头猎物的话，是不会回来吃这头的。但如果猎物不充足或者它没有再捕到其他猎物的时候，它就会回来接着吃。填饱肚子之后，狮子往前走了一小段距离，来到一片灌木丛中，在那儿蜷着身子睡着了。

狮子睡了还不足20分钟，就又听见了猎犬的吼叫声。它龇着牙发出愤怒的低吼声，然后迅速跑进附近的一个峡谷，爬上前方的一个壁架，又从那里登上一个更高的壁架，这个壁架的周围全是灌木丛。狮子躲在灌木丛后面望着下面正疯狂吼叫的猎犬，又望了望头上的绝壁。

风朝着狮子迎面吹来，风中并没有任何人的气味。如果有的话，它就能事先得到警报。这样，如果它想逃跑的话，就可以在人到达之前早早逃离。但现在，它不再确定到底要不要见人就跑，因为在这个壁架上，它能轻而易举地扑向任何一个路过的人。想到这里，它在灌木丛后伸了伸懒腰。

不过，那些猎犬的吼叫声依然让狮子感到心神不安，一个小时之后，它终于起身爬上了身后的绝壁。到了绝壁之上，它用鼻子嗅了嗅风中的气味，竖着耳朵聆听周围的动静。没有听到猎犬的叫声，它就放松了紧绷的神经，感觉轻松了很多。

当猎犬们再次找到狮子的时候，已经是第二天了。狮子从自己的栖身之处一跃而起，朝着这些穷追不舍、让自己不得安宁的猎犬发出了一声怒吼。它之前曾无数次尝试杀掉它们，但都没有成功。经验告诉它，这主要是因为它们是三只猎犬。每当自己要攻击其中一只的时候，那一只就躲开，同时另外两只就会攻击自己。因此，当它要扑过去的时候，总是要防御另外两只。所以，狮子能做的就是跑，这让它感到愤怒不已。

狮子每爬上一个新的绝壁，猎犬们都能找到一条路爬上去，并追上狮子。这场追逐就像一场拉锯战。而狮子则离自己熟悉的一带越来越远，还总是不得安宁。这会儿，它又爬上了另一个尖峰，看到猎犬从下边冲了过来，就继续马不停蹄地跑开了。

狮子现在非常紧张地跑着，浑身发抖，感到很害怕，因为它确定猎犬还会再追过来。然而，它并不知道，这个时候的猎犬也已经非常疲倦、非常饥饿，腿也跑得无比酸痛，它们已经无力再追了。最终，它们不得不往回走了。而狮子并不知道这些，它只知道，这些猎犬就像水蛭一样咬住它不放。所以，它继续快步地奔向远方。

三只猎犬追狮子追了不到一个星期就放弃了，但狮子一直都神经紧张，直到猎犬放弃追捕后的一个星期，狮子才开始放松下来。它的神经就像猫一样，总是一触即发。尽管这一个星期，它没有再听到猎犬的叫声，但每杀死一头猎物或休息的时候，它都会时刻警惕着，仔细倾听。最终，它还是听到了一只猎犬的叫声。

这声音低沉而平稳，盖住了冬天的风声。狮子聚精会神地听着。刚开始有四只猎犬在追它，但后来只有三只锲而不舍地一路追了很久。而现在，狮子终于知道第四只在哪里了：它正在循着自己的踪迹，

第三章

快速向这里奔来。狮子的尾巴梢愤怒地抽动着。之前因为要对付三只猎犬，所以它总是没机会杀掉任何一只。

而现在，狮子只需对付一只猎犬。

二 消失的踪迹

整整一个星期，约翰尼在学校里都处于焦躁不安的状态，他根本没办法把心思放在学习上，表现也不好。因此，他遭到了两个老师的训斥。于是，他开始认真努力地投入到学习中去。不过，尽管他人在学校，心却跑到了九霄云外，满脑子想的都是和杰克在悬崖上狩猎的场景。杰克一直没有回家，这只能说明他仍在继续寻找那头大狮子。

终于，又到了周五。下午放学的时候，当查克·杰克逊的校车缓缓驶出校园时，约翰尼感到轻松了许多，他高兴地叹了一口气。

"唔！"他对鲍勃说，"这真是我一生中最漫长的一周！"

"对于管教你的老师来说也是如此。"鲍勃说道，"你是怎么打算的？明年再重修几门课吗？"

"噢，我得重修了。"

"整整一个星期，你就没有一门考试是及格的。你有没有想过，杰克·凯恩是可以照顾好自己的？他做猎人可不是一年两年了，所以用不着你去操心。"

"我不是担心他什么。我只是想知道他怎么样了。"

"不过是一群肮脏的杂种狗追着一头长得过大的家猫，这事儿就那么让你着迷吗？"

约翰尼没有做出任何回应，鲍勃也就不再刺激他了。一路上他们两个没有再说一句话，直到校车缓缓地停在约翰尼家附近的车站。

"捕猎顺利，伙计。"鲍勃真诚地喊道。

"多谢。"

约翰尼迅速转过身下了车，急匆匆地沿着一条被踏平的小路走回了家。他冲进屋中，满怀希望地看着爷爷。老人却摇了摇头说："还没有消息，约翰尼。"

"天哪！还没有回来？难道他要在悬崖一带待上一整个冬天？"

阿利斯耸了耸肩膀说："他会回来的。但是，如果他觉得还有机会抓到那头狮子的话，就不会回来。"

"我可不认为猎犬能跑这么久。"

"它们是跑不了这么久，它们得休息，得吃东西。但在它们开始继续追捕之前，并不需要特别多的时间来休息，因为它们是凯恩猎犬。"

"可是，即使是凯恩猎犬，有时候也会筋疲力尽的。"

155

第三章

"是的。"阿利斯承认道,"所以,你明天早上最好去杰克家看看,他出去那么久了,没准今天晚上就回来了。"

"这倒是个好主意。"

吃过饭后,约翰尼开始认认真真地将精力投入到学习中去,他这阵子一直没有好好学习。阿利斯已经上床睡觉了,约翰尼看了半个小时的书之后也睡了。距离黎明还有一个半小时的时候,约翰尼就被刺耳的闹铃声给吵醒了。他穿好衣服,洗漱完毕,吃过早餐后,就把步枪夹在胳膊下,走进了冬日早晨的酷寒中。

北风轻轻地吹着他的脸颊,星星和一弯镰刀形的月亮发着苍白的光,天空如此晴朗,没有半点阴霾。冰霜晶莹地闪烁着,约翰尼穿着他那橡胶底的派克靴走在这白色的世界里,脚下的雪发出嘎吱嘎吱的声音。

约翰尼慢慢走近杰克家,他没有看到炊烟也没有闻到任何烟火味,所以就断定杰克还没有回来。于是,他转身,打算往回走。

突然,约翰尼停下了脚步,感觉自己听到了什么。他顿时托起了手中的步枪,准备快速射击。他被吓得后背发凉,打了个冷战,却发现并没有什么异常,就生气地摇了摇头。

"我一定是得了狮子恐惧症。"他喃喃自语道。

约翰尼转过头来往小路的后面望了望,却看到梅杰正站在自己身后,离自己大概有五米远。梅杰安静地站在那里,左前腿悬着。它浑身打着哆嗦，尾巴下垂，显得很是悲伤，它脸上还显出一种极度的疲惫。在清晨的光线下，它看上去似乎在哭泣。它一瘸一拐地走到了约翰尼面前，用冰冷的鼻子触碰着他，神情非常沉重。

"可怜的梅杰！"约翰尼富有同情心地说道，"到底发生了什么？"

这只遍体鳞伤的老猎犬看起来极其消瘦。虽然杰克的猎犬因为经常捕猎从来都没有肥过，但这一次梅杰实在是太瘦了，透过那紧绷的皮肤，它的根根肋骨都清晰可见，以至于约翰尼用两只手就能掐住它的肚子。这只老猎犬的臀部瘦得就像两根钝棒，从后腿上凸了出来。就连它的尾巴都像是一小捆长长的、难看的毛发。

约翰尼将老猎犬紧紧拥入怀中，用手抚摩着它的头。与此同时，他的心中涌起了一股恐惧。杰克不可能已经回到家了，因为他是不会将一只身体状况这么差的猎犬丢在门外的雪地中的。那么他会在哪里呢？于是，约翰尼向杰克家走了过去，而梅杰则跟在他身旁慢慢地走着。

走进院里，约翰尼发现多伊和蓝斑小狗居然也在，它们正在同一个狗窝中睡着，也累得筋疲力尽，动弹不得了。约翰尼走到它们面前，多伊抬起头看了看他，用冰冷的鼻子触碰着他的手，叹息着，然后又伸了伸懒腰。而蓝斑小狗则摆了摆尾巴，显得很冷漠。多伊和蓝斑小狗都和梅杰一样骨瘦如柴，而且它们看起来更加疲倦，其

第二章

157

至连趾甲都被磨得只剩下一点点了，脚底下的肉垫都发炎了。不论它们去过哪里，可以肯定的是，它们已经走了不知多少路了。

约翰尼打开门，走进那阴冷潮湿的厨房。厨房里空荡荡的，让人感到一丝寒意。炉子没有生火，炉子上面也没有摆放任何厨具。杰克的壶和煎锅就像往常一样，挂在墙上的一排钉子上。约翰尼穿过厨房，走到了对面的卧室，打开门，发现杰克的被子也没有动过。

当约翰尼慢慢走出房子的时候，他发现梅杰正蹲在门口等着他，并不安地发出呜咽声。约翰尼用手擦掉额头上冒出的汗。猎犬已经回来了，杰克却没回来，这就意味着他一定是死了。如果他活着的话，猎犬是不会离开主人的。但事有轻重缓急，现在必须做的就是照顾好这些猎犬。

在约翰尼回到多伊和蓝斑小狗躺着的狗窝旁时，梅杰也一瘸一拐地跟着他走了过去。约翰尼弯下腰，轻轻地抚摩着它们。

"来吧，出来吧。"

蓝斑小狗看上去就像一只又老又疲倦的狗，它从狗窝里慢慢走了出来，站在外面直打哆嗦。多伊试图从狗窝中站起身来，却没站稳，刚要摔倒的时候就被约翰尼扶住了。他帮助多伊放松了一下筋骨，多伊将头靠在他的膝盖上。约翰尼一下子将它拥入怀中抱了起来。多伊已经跑了这么远的路，却没怎么吃过东西，它看上去比以前整整瘦了一半。

约翰尼抱着多伊和步枪，显得有些笨拙。他开始沿着小路往回走。走着走着，他又把脚步放得更慢，因为梅杰和蓝斑小狗走不动了。不过，它们最终还是走到了阿利斯家。约翰尼走到门前，用膝盖将门推开，用脚从地板的一侧将一块小地毯踢到了炉子旁，把多伊放到上面。梅杰和蓝斑小狗发出了感激的叹息声，也在炉子旁边趴了下来。约翰尼将他的步枪放回架子上面，然后敲了敲阿利斯房间的门。若是平常，这个老人不睡到自然醒是不会起来的。但现在情况紧急，约翰尼需要他的建议。敲了几下后，他听到阿利斯的房间里有了动静。

"你想干什么？发生什么事了吗？"

"杰克的三只猎犬昨晚回来了，可是杰克还没有回来。"

"我马上出来！"阿利斯匆忙说道。

片刻之后，阿利斯一边将脚伸进拖鞋，一边用手束着腰带从房间走了出来，他望着三只猎犬。

"热些牛奶，约翰尼。"他命令道。

于是，约翰尼往一个平底锅中倒了一升的牛奶，并放在炉子上加热。阿利斯则把一个挂在墙上的煎锅取了下来，又去储藏室拿了一包猪油，切下厚厚的一片放入煎锅中。然后，他依次跪在三只猎犬的面前，用他那富有经验而又温柔的手检查它们的身体状况。

"它们没有受伤，"阿利斯说道，"只是跑得太累了。牛奶热了没有？"

约翰尼用手指测了一下，说："已经温热了。"

"不需要太热。"阿利斯从橱柜中拿出三个碗，给每个碗中倒了等量的牛奶。梅杰和蓝斑小狗四肢颤抖着站在自己的碗前喝着牛奶，只有多伊没有站起来喝牛奶。于是，阿利斯走过去，跪在多伊身旁，抬起它的头，这样，它就可以喝到牛奶了。喝完后，它们叹了口气，又趴下去睡觉了。阿利斯将三个空碗收好。

"这些牛奶足够它们消化一会儿的了。"他说道，"这些猎犬之前都没怎么吃过东西，我们得慢慢来，现在还不能马上喂它们吃肉。而且，它们暂时也不能出去狩猎。"

约翰尼终于忍不住了，他说出了那个自己一直都想问却不敢问的问题："杰克是不是死了？"

"不要过早下结论，"阿利斯建议道，"尽管看起来是这样，但我们现在还不知道具体情况。他要么是受伤了，要么是已经死了。不管怎样，杰克是不会在悬崖一带迷路的。"

"如果他只是受了伤，那为什么猎犬会自己回家呢？它们是不会丢下他不管的。"

"别激动，约翰尼。这些猎犬都出去跑了一个星期了，杰克可能是在狩猎过程中受了伤。有可能是猎犬在肚子太饿，脚又非常疼，所以无力去寻找杰克，就只能回来了。"阿利斯一边说着，一边把化开的猪油抹到猎犬那擦伤的脚底肉垫上，以使伤口软化。

"他会不会被狮子杀死了？"约翰尼问道。

"我不这么认为。狮子是不会杀人的。杰克可能遇到了雪崩，也可能是掉进了裂缝之中，因为这些裂缝很容易被积雪覆盖，所以他可能没有注意就踩空了。或者是因为峭壁结冰太滑了，所以他从峭壁上摔了下去。当然，还有很多其他的可能性。"

"你认为我们是不是应该组织人去搜救？"

"那当然了。我们都希望他还活着，还能点起篝火，让我们找到他。不过，约翰尼，你应该考虑一下，悬崖一带范围那么大，如果杰克已经死了，被埋在雪中或掉入了一道十几米宽的裂缝中，那么谁又能发现他呢？就算他没有遭遇雪崩或掉入裂缝中，仍然有几千个地方要找，即使有一大群人去找，也有可能从他身旁经过都没有发现他。"

"是这样的，那天，我在鳄鱼头一侧的裂缝边发现了这三只猎犬。杰克一定在那附近的什么地方。"

"是这样吗？"阿利斯咕哝着说，"说不定在你发现猎犬的时候，杰克并没有在寻找它们呢。而且你也不知道从这里到鳄鱼头，狮子走的是哪条路线。不过，不管怎样，你的想法还是有些道理的，你先去悬崖一带搜寻一下。我去组织一个搜救小组，这些猎犬也由我来照顾。"

第三章

这两天，约翰尼都在悬崖一带搜索，他将搜索的重点放在从阿利斯家到发现三只猎犬的裂缝之间。他爬到悬崖顶，攀到绝壁上，寻找着篝火燃烧的炊烟。但是，他并没有找到。

星期一早上，约翰尼很不情愿地回到了学校。搜索仍在进行中，在峡谷中居住的每个人，只要是能够到达悬崖一带的，都去搜寻杰克了。一些飞行员也乘坐飞机在空中盘旋搜索，他们将飞机开得离地面尽量近些，仔细地搜索篝火的踪迹，这样就能知道受伤的人到底在哪里了。但搜救了一个星期后，即使是最乐观的搜救队员也放弃了希望。大家断定杰克已经死了，即使能够找到尸体，也应该是出于偶然。就像阿利斯说的那样，有那么多的地方要搜索，而且就算搜救人员从他的尸体旁经过，也不一定能发现他。

周五晚上，约翰尼愁眉苦脸地坐在厨房的桌子前，对面坐着阿利斯。突然，屋外的梅杰好像闻到了什么气味，发出了挑战性的吼叫声，而多伊则发出尖利的叫声，接着，蓝斑小狗也加入进来。显然，猎犬们已经恢复了体力，但还是得忍受着脚痛。它们还要过一阵子才能出去捕猎。

"没有找到任何踪迹吗？"约翰尼问道。

"一点儿踪迹也没有，约翰尼。小伙子们已经尽力了，他们将所有能想到的地方都找过了。"

"但他们没有把每个地方都看一遍。"

"如果他们都看过的话，就能找到杰克了。理智些，约翰尼。就算他们在悬崖周围搜上一年，甚至是十年，也不一定能找到他，因为躺在那里的不止杰克一人。"

约翰尼沮丧地说道："我知道，但不管怎样，我还想再去找找。"

"去吧，"阿利斯鼓励地说，"至少这样会让你心里好受些。"

"我知道。不过我还是觉得有希望找到他。"

第二天，约翰尼又回到了悬崖一带，但这次他改变了搜索的策略。他发现，爬到高处去寻找篝火是没有用的，因为如果有篝火的话，搜救人员早就发现了。于是，约翰尼进入岩洞和裂缝中去搜索。他爬上峡谷一侧陡峭的壁架，扒开灌木丛，并试图在最近发生过雪崩的地方寻找，甚至用一根长长的棍子去探测那些未结冰的深水池。但他什么也没有找到。尽管一无所获，第二天一早，他还是坚决回到了悬崖一带继续寻找。

他知道这是一项巨大的工程，他也知道没有哪个人，能将那片区域的每个地方都搜索一遍。不过，他已经尽可能彻底地搜了一遍。今天早上，他继续搜索从阿利斯家到发现猎犬的一带。不过，他又稍微往北走了一些。

中午的时候，约翰尼来到一个峡谷的一侧，这个峡谷草木丛生，坡度平缓。他坐下来吃午餐。在他正吃着第二个三明治的时候，突然，远处传来了一只猎犬的吼叫声。

第二章

163

他一下子愣住了，仔细地倾听着声音，但不敢相信这是真的。许多猎犬的叫声都大同小异，但很少有完全相同的叫声。这声音听起来像是巴克的声音，但巴克不是已经死了吗？

五分钟后，巴克终于出现了。

这只红毛猎犬从对面的斜坡往下奔跑，它所在的位置离峡谷底部大概有200米的高度。如果它从现在的这条路线继续跑，那就一定就会从离约翰尼三四百米远的地方经过。正当约翰尼打算跑到峡谷对面去拦住它的时候，他被眼前的一幕吓得不敢动了。

就在他的正对面，有一棵大松树。这棵大松树被许多茂密的小树所包围，这些小树矮的只有几厘米，高的也不过一米多。正当约翰尼打算起身过去的时候，他看到一头大狮子从那些小树丛中钻了出来，跑到另一棵树的后面藏了起来。正是那头曾经跟踪过他的狮子！狮子匍匐在那里，它是如此擅长隐藏自己，以至于当它隐藏好之后，约翰尼根本就看不见它了。

他猜测，狮子之所以藏在那里，而不是跑开，只有一个原因——它知道巴克在追踪它，所以打算伏击对方。这时，约翰尼脸朝下趴在地上，将步枪放在一块布满花纹的大圆石后面，眼睛望着狮子潜伏的地方。尽管这样，他对现在的形势依然把握不大。

他的枪是步枪，射程只有100米。而狮子所在的位置离自己大概有350米。即使是在最好的环境下，这样的距离对任何人来说也都太远了。当然，除非是最专业的神枪手。不过，他们使用的也不会是步枪。约翰尼放松了一下他那绷紧的腹肌，然后扳起步枪的枪栓准备随时射击，他希望狮子能够在猎犬走近之前现身。

巴克的速度很快，由于不断闻到新鲜的气味，它的声音也越来越兴奋。约翰尼等待着时机，他知道自己必须精确地估算好时间。倘若是一支猎犬队，即使它们没有将狮子逼上树，也能将狮子控制住。但若只是一只孤单的猎犬，那么它几乎是不可能打败狮子的。约翰尼根本看不到狮子，这就意味着狮子一跳出树丛，他就得马上开枪射击，而不能等到它们打起来时再找机会开枪。不然，它们离得那么近，击中猎犬的概率和杀死狮子的概率几乎相同，那样很容易误杀了猎犬。

巴克朝着狮子埋伏的地方走去，越靠越近。它抬起了头，不是靠气味，而是在靠自己的感觉寻找狮子。显然，它知道狮子藏在哪里，因为它发出了一声凶猛的、雷鸣般的叫声挑战狮子。这时，狮子离开隐藏的树丛，向巴克扑了过去。

狮子并不是那么容易瞄准的，它就像一个快速移动的黄褐色影子，在空中划过一道弧线。约翰尼试图保持冷静，尽可能地校准枪口，紧对着狮子。他瞄准狮子的背部，然后扣动了扳机。

听到枪响，狮子迅速掉头往山上跑去。它在树丛中穿梭着，躲避着。只有当它从一棵树后面跳到一小块空旷的地面的时候，约翰

第三章

尼才能清楚地看到它的身影，而这身影也一闪即逝。每当它出现的时候，约翰尼都会一遍一遍地开枪射击。直到他将枪膛中所有的子弹都射光以后，他才意识到自己刚才简直就是在胡乱射击。

狮子迅速地朝峡谷中的一个断崖跑去，然后消失不见了。而巴克依然对它穷追不舍。约翰尼匆忙给步枪的枪膛中填满了子弹，并将一颗子弹放到了屁股后边的口袋里。

现在，红毛猎犬巴克在崖壁底下疯狂而坚定地吼叫着。约翰尼将剩余的午餐丢在了地上，朝着斜坡下走去，来到了刚才狮子曾爬过的陡峭岩石下面。巴克一直试着爬上去，但都没有成功。约翰尼惊讶地望着眼前的这只猎犬。

巴克有些消瘦，但并没有到骨瘦如柴的地步。显然，它的饮食是很有规律的。尽管它的趾甲已经被磨没了，但当它抬起脚打算往岩石上爬的时候，约翰尼注意到它脚下的肉垫并没有擦伤。和那三只回到杰克家的可怜的猎犬截然不同，它的身体状态似乎很好。约翰尼又困惑又欣喜，他跪在雪地上，热切地招呼巴克。

"到这儿来，巴克。"

这时，巴克似乎刚刚意识到约翰尼的存在，它从断崖上跳了下来，望着约翰尼。但是，它那眼神根本不像是一只猎犬的眼神，更像一只凶猛的狼的眼神。它全身的毛发都竖了起来，张开嘴亮出了闪闪发光的象牙色的尖牙。突然，它凶猛地朝他扑了过来，约翰尼迅速躲到了一边。

然后，红毛猎犬巴克沿着断崖底部马不停蹄地跑进了森林之中。

三　世　仇

霎时间，约翰尼被吓得站在那儿一动不动。巴克现在已经长成了一只强壮的大狗。倘若刚才它真的进行攻击，而不是跑开，那情况可就糟了。但巴克为什么会对自己显示出敌意呢？它又为什么跑了呢？

约翰尼越是试图分析这只猎犬的行为，就越是感到困惑不解。他的第一反应就是巴克已经变成了一只野狗，不然它不可能是现在这个样子。过了一会儿，他又觉得巴克看起来更像是疯了，而不是变成了野狗。巴克知道狮子在等着它。作为猎犬队的成员，它也知道，当一头狮子选择在地面上进行决斗的时候，要有一支猎犬队才能敌得过它。然而，巴克似乎准备单独向那头大狮子发起进攻。倘若它真的这么做了，而约翰尼的那一枪也没有吓跑狮子，那么毫无疑问，巴克肯定已经被狮子给杀了。

现在该怎么办呢？狮子已经逃到了断崖之上，而巴克也绕着断崖追了过去，可能正在寻找一条路爬上去。等到约翰尼自己爬上去的时

第二章

候，狮子和巴克可能早就跑到几千米之外了。于是，他决定还是先回家，将这一情况告诉爷爷，爷爷会给自己一个很好的解答。

当走到斜坡一半的时候，他觉得自己好像又听到了巴克的吼叫声。但仔细一听，他发现那只不过是峡谷中的风声。约翰尼十指交叉，想着刚才狮子差点儿就把巴克杀了。

"希望它不会再找到那头狮子。"他自言自语道。

约翰尼沿着公路走着，不知不觉到了一个路口，他拐了进去，然后走回了家。三只猎犬见他回来了，就站起身摇着尾巴，友好地向他打招呼，但这一次约翰尼没有时间顾及它们。他大步走进屋中，发现爷爷正在炖汤。老人惊讶地望着他。

"这么快就回来了？"

"杰克的红毛猎犬仍然待在悬崖一带！"约翰尼突然说道。

"你看到它了？"

约翰尼完整地叙述了事件的经过，而阿利斯则在一旁悉心地听着。然后，老人一言不发地待在那儿沉思了很久。然后，他又一连问了约翰尼几个问题。

"你确信那只红毛猎犬想要攻击那头狮子？"

"那是它最想做的事。"

"当你想要追上它的时候，它却朝你龇牙怒吼？"

"它看上去就像要杀了我！"

"但当你避开它的时候，它也没有再去追你？"

"没有。我避开后，它就跑了。祖父大人，你对这事怎么看？"

"那只红毛猎犬只属于杰克一个人，不是吗？"

约翰尼忧郁地点了点头，说：“它完全是一只只属于一个人的狗，而那个人就是杰克。”

足足两分钟，阿利斯的眼睛一直盯着那结了霜的窗户，而约翰尼也沉默不语。最后，老人终于转向约翰尼。

"约翰尼，这仅仅是个猜测。我在年轻的时候见过一些猎犬，许多都是好猎犬。现在，请记住，尽管我不知道到底是不是真的。但是，从你叙述的情况来看，我认为那头狮子把杰克杀死了。"

"真的吗？"

"你可以自己想想，约翰尼。杰克消失了，他的三只猎犬也回来了，而第四只没有回来。杰克追捕的又是一头体形巨大而狡猾的狮子。然后，你发现了第四只猎犬，也就是红毛猎犬巴克，它的唯一目标就是要杀死那头狮子。而且，看上去，它会攻击任何试图阻拦它的人或动物。你怎么看呢？"

"我不觉得狗会这么思考！"

阿利斯轻声说道：“我没说它们可以那样思考。但关于狗，有些事你还不了解，那只红毛猎犬并不是普通的狗。如果它真的爱杰克爱得那么深，并知道是狮子杀死了他，它可能就会无休止地追捕那头狮子。听着！这只是猜测。但如果我们猜对了，杰克应该就躺在这里与鳄鱼头之间的某个地方。我认为狮子应该是往远方跑了一段距离后又掉头回来了。"

"但在鳄鱼头附近的裂缝那里，我只发现了三只猎犬。"

"正是因为这样，我才推测它们追捕狮子没多久，杰克就被狮子杀了。如果杰克躺在雪中的某个地方，巴克一定会待在他身旁。至少在他还活着的时候，巴克是不会离开他的。后来，巴克才想着要去追捕那头狮子，这也解释了为什么当时你只看到了三只猎犬。至少，我是这么想的。"

"这么说，杰克就没有活着的可能了？"

"现在看来是这样的。而且要找到他的尸体也比较难，除非我们能想办法驯服那只红毛猎犬，这样它就能带我们去找杰克了。但现在我们首先要考虑的是那头狮子，如果它真杀了杰克，那么它就会再次出来杀人。所以，我们得先把它抓到。"

"我们？"

"没错，约翰尼。虽然我的腿脚不如以前那么灵活了，但如果我们放慢脚步，不是一路狂奔的话，我还是能够爬上悬崖的。"

"那我们什么时候出发？"约翰尼迫不及待地问道。

"别着急！如果我们没有做好充分的准备就出发，那么我们将一无所获。我们需要猎犬的帮助，而猎犬又需要休息。倘若现在就让它们出发，不到半天，它们脚底下的肉垫就又磨破了。我们必须等到它们能够再次捕猎为止。"

"那要等到什么时候呢？"

"可能要再等一个星期。"

约翰尼焦急地问道："那巴克怎么办？"

"到目前为止，它还比较幸运。也许它会一直这么幸运，不会再次追上那头大狮子。"

这时，约翰尼的眼前浮现出巴克追捕狮子的画面——它独自待在悬崖一带，追逐着那头杀死它的主人并吞下主人的一块肉的野兽，它要为主人报仇。巴克只爱杰克，而约翰尼又是那么喜爱巴克，担心着它的安危。

"你觉得我们能不能把巴克抓起来，然后带它回来？"

"如果你想这么做的话，可以尝试一下。但考虑一下你刚刚说的话，在你之前已经有二十几个人在悬崖一带搜索过，但只有你看到了那只红毛猎犬。或许是因为它之前一直都没有吼叫，又或许是因为狮子一直躺在某个荒凉的、鲜有人出现的地方，所以它也跟了过去。不管怎样，你想要再次找到它，是没那么容易的。更何况，就算你发现它了，从你刚才和我讲的情况来看，要想把它带回来，你必须先把它打倒。那么，你打算怎么做呢？"

"我还没有想过。"

第三章

"嗯，我也想不出什么办法。但即使你能把它带回来，我们很可能关起来的并不是巴克，而是一个亡命之徒。我认为既然巴克想让那头狮子死，它就不会愿意待在我们这里。最好的办法就是不要管它，希望它足够幸运。而且，如果我们抓到了那头狮子，我们也会得到巴克的。你还是等等吧。"

"我当然想得到巴克了。"

"你是真的很喜欢那只猎犬，对吧？"

"非常喜欢。如果我们得到了巴克，我们就得到了杰克的整支猎犬队。周六和周日我就可以接手杰克留下来的事，通过猎捕狮子和山猫赚些赏金。"

"那样做你不会发财的，但如果抓到那头大狮子，你倒是可以赚上一笔。"

"没错。500美元。"

"你可以用那些钱上林业学校。不管怎样，我觉得杰克会愿意让你来接管他的猎犬队的。但在追捕那头狮子之前，必须先等猎犬们将身体恢复好，不是吗？"

约翰尼又一次想到巴克独自待在悬崖一带，对付那头杀人的大狮子，非常担心。但是，爷爷的话又很有道理，他只能很不情愿地说道："好吧，祖父大人。"

当狮子爬到岩壁上的时候，它满身怒气，因为它根本不知道有个人离它那么近。它压低身子埋伏在树丛中，准备攻击巴克。这时，有个人开了一枪，子弹射在了它身下15厘米的冻土中。它瞬间做出反应，急速地朝崖壁上方奔跑，同时扭着身体穿梭于树丛中，以躲避子弹的攻击。

但是，约翰尼不知道，他的子弹并非全都盲目地射偏了。实际上，其中一颗子弹从狮子右肩膀上穿过。虽然狮子伤得并不重，但伤口正在隐隐作痛。虽然这并没有影响狮子爬山，却让它很恼火，而且多少影响了它的速度。它费力地爬到了悬崖的顶端，穿过一片开阔的森林，朝一座更高的悬崖奔去。

这是个正确的策略。狮子可以爬到除了狮子之外任何动物都无法爬上的壁架。它知道这样做自己就可以暂时将猎犬甩在后面，找到藏身之地了。

攀爬的时候，狮子右肩膀上的伤一阵阵抽痛。当狮子到了一个高于周围的壁架上时，它左肩膀着地躺在那里，以减少疼痛。熊熊怒火在它胸中燃烧着，它不断地伸出又缩回自己的爪子。它受伤了，而且一想到自己不敢反击就愤怒不已。

但它也知道，只有白天它才会感到害怕。因为白天的时候，人类会比较强大。但当夜晚到来的时候，他们就不行了。狮子伸展了一下身体，好让冬天的阳光温暖一下它的皮毛。在阳光的照耀下，它打起了盹。昨晚它捕杀并吃了一头鹿，所以现在还不饿。整整两个小时，它没有受到任何打扰。但很不幸，一会儿过后，悬崖的壁架底下又一次传来了巴克的吼叫声。

狮子朝下面望着巴克，眼睛里闪耀着愤怒的光芒。如果狮子能确定巴克是只身前往的，它就会跳下壁架和巴克搏斗。但它想起了刚才那一幕：自己正趴在灌木丛中全神贯注地等待着红毛猎犬的到来，可万万没有想到，会被人类用枪打中。一想到自己在没有注意的情况下，中了人类的埋伏，它就感到紧张不安。所以，它再也不敢进行尝试了。狮子竖起耳朵，仔细地搜索着悬崖周围的树林，尽管它没有闻到或看到任何人的踪迹，但猎人仍有可能跟着猎犬追过来。

狮子站起身来，沿着壁架走了一会儿，然后退了几步，接着爬上更高的壁架。在爬的过程中，它肩膀上的枪伤一直隐隐作痛，这不断地提醒着它：人类又一次伤害了它。最终，巴克的声音越来越弱，最后完全消失了。巴克把大狮子跟丢了，至少是暂时跟丢了。

狮子沿着壁架奔跑着，这个壁架距离悬崖顶部较近，它的轮廓也不会清晰地暴露在天空的背景下。跑了一会儿后，它缓慢地爬上悬崖，并开始从对面的斜坡向下走。夜晚正悄悄来临，当它走进森林的时候，身后的岩石已经完全被淹没在黑夜的阴影之下。这时，它又饿了，于是它匍匐着慢慢靠近一片聚集着鹿群的灌木丛，然后偷偷地靠近三头正在啃着草的鹿。

当狮子朝它们冲过去的时候，它的肩膀传来阵阵的灼痛，疼得它咆哮了一声。在转弯的时候，它扭动了一下那块受伤的肌肉。结果，这无意识地减慢了它的奔跑速度，鹿全跑了，狮子又愤怒又无奈。于是，它放慢脚步继续往前走，直到鹿群重新放松了警惕。它偷偷靠近那些猎物，扑倒了其中一头还未完全长大的雄鹿。吃饱后，它就躺在灌木丛中休息了。

天刚亮，狮子就听到巴克吼叫着朝它奔来。它马上从那舒服的灌木丛中站了起来，尾巴梢充满愤恨地抽动着。它真想在这里埋伏好，等着那只猎犬的到来。但昨天的遭遇让它得到了教训，使它紧张不安。它发现自己是会犯错误的，而这种错误足以致命。于是，它转了个弯，再次爬上猎犬无法到达的崖壁，然后躺在一个壁架上睡了一天。

夜晚降临后，狮子再一次下了山，也再次恢复了信心。在黑暗的掩护下，不论是人，还是猎犬，都无法让它做自己不愿意做的事。所以，当它再次听到猎犬追逐自己的叫声时，它并没有跑开。相反，它站在那里，抬起一只前爪，头向后倾斜，仔细地倾听着猎犬的叫声。接着，它完全转过身去，腹部贴在雪地上，蹲伏在那里。

这就是狮子一直希望发生的事情。之前，猎犬总是在白天发现自己的踪迹。自从那次被人用枪击中后，狮子就再也不敢在白天埋伏了。因为，它很可能会成为猎人埋伏的对象。不过现在，狮子非常了解，即使周围有猎人，自己也几乎是不可能被发现的。它龇牙低吼着，等待着猎犬的到来。

巴克那低沉的声音唤醒了整个夜晚，声音传到前方高耸的崖壁上，回音在山谷中荡漾。巴克离狮子越来越近，吼叫声也越来越大。狮子绷紧身体，憋足了劲，等待着进攻的时刻。终于，它看到了巴克，在白雪的映衬下，巴克就像一个轻快跳动的黑影。突然，巴克停下了脚步。

它们相距12米，默默对视着，彼此的心中都充满了对另一方的强烈仇恨。

狮子首先采取了行动，就像冲向一头鹿一样，它在短短的距离中一跃而起，行动如闪电般迅速，其实，倘若不是因为肩上的伤，它会更快。显然，伤口又一次阻碍了它的行动。就在狮子正要用前爪扑向猎犬的那一刹那，猎犬一下子躲开了。

巴克扭转身体脱离了危险之后，从侧面朝狮子冲了过去，咬破了狮子的侧腹。它那尖尖的利齿扯破了狮子的皮毛，咬进了它的血肉中。狮子用一只前爪猛地朝巴克挥了过去，本打算给巴克一记重击，却打偏了。当狮子正要追上去将巴克按倒在地的时候，巴克打了一个滚儿，避开了狮子的攻击。接着，巴克迅速地站了起来，面对着它的敌人。

它们面对面谨慎地绕着圈子，都对彼此另眼相看。狮子向后退了几步，直到它的臀部碰到了一棵树，它打算用这棵树做掩护。于是，它假装向巴克冲过来，然后马上撤退到树后。就在狮子转身的那一瞬间，巴克得到了一次攻击的好机会。它向前冲了过去，打算咬断狮子后腿上的肌腱，却只咬到了一嘴的狮子毛。这样的行为却真正惹怒了狮子。当狮子突然愤怒地朝它扑过来的时候，巴克迅速闪到了一边。巴克不断躲闪着，狮子紧随其后，扭动着身体，穷追不舍。有两次，狮子差一点儿就把巴克按倒在地。

在它们头顶的一棵树上，一只松貂一边用嘴整理着自己的毛发，一边观看着这场战斗。在它们的另一侧，一头公鹿正在冬天的夜色中徘徊，当它闻到狮子的气味后，吓得站在那儿一动都不敢动。过了一会儿，它静静地消失在了森林之中。

狮子的愤怒慢慢上升为一种近乎疯狂的暴怒，有二十多次，它曾尝试抓住并杀死巴克，但没有一次成功，甚至连一记侧击都没有打中。它肩膀上的枪伤影响了它的速度，而巴克的行动又那么迅速。绝望之下，狮子打算进行最后一次尝试，它太想抓到并杀死这个不断折磨自己的家伙，但这对它来说，就如按倒一个快速移动的影子一样难。每次它向巴克冲过去的时候，巴克都能迅速躲闪，并对它进行反击。直到狮子被巴克撕破六处之后，它依然想要继续这场战斗，但黎明的渐渐到来让它感到有些害怕。

狮子再一次向巴克猛冲了过去，但这一次失手后，它就坚决地转过头跑了起来，巴克紧紧跟在它后面穷追不舍。跑了100米后，狮子来到了一个岩石壁架上。好不容易爬上壁架后，狮子从容地放慢了脚步，因为它知道巴克是爬不上来的。狮子停下来，向后望了望，并吼了一声，然后爬到了更高的岩石上。

狮子的眼中燃烧着愤怒的火焰，尾巴不停地抽打着地面，它最强烈的愿望就是杀死那只猎犬，但一直不能得手，这让它愤怒至极。狮子爬到一个高高的壁架上，舔着被巴克咬破的无数个伤口，然后从休息的地方朝对面的悬崖望去。它的内心有一种强烈的冲动——它想展开一场杀戮，去攻击和伤害那些它所讨厌的生物。随着白天慢慢过去，它再也无法压制住这种冲动。

离天黑还有一个小时的时候，狮子就离开了它的藏身之处，慢慢向一个峡谷走去。这期间，它曾停下来听是否有猎犬的叫声。发现听不到任何犬吠时，它就继续向前行进。当走到公路上的时候，夜晚已经来临。在黑夜的掩护下，狮子在那里潜伏了很长时间。确定自己安全之后，它就轻轻地走在柏油马路上，马路两边堆着被铲雪机铲出的积雪。

它熟悉这附近的所有牧场和房屋，也知道自己要前往的目的地是哪儿。在距离这里大概100米的地方，有一座低矮的平房，那里有一个结实的木板栅栏，木板栅栏中圈着十几只绵羊，而它们唯一的守卫者就是一只毛茸茸的小狗，这正是狮子要前往的地方。走近那座低矮的平房后，它从公路上跳到了院子中。空气中飘着浓浓的烟味，狮子以前闻过这种味道，所以它并不害怕。

它的鼻子告诉它周围并没有人类，它轻轻一跳就进入了圈着羊的栅栏中。羊群见了它，发疯似的乱撞，充满惊恐地咩咩叫着。但它们无路可逃。狮子快速袭击着羊群。那只毛茸茸的小狗听到动静后，从狗窝中窜了出来，使劲地吼叫着，但它无法进入栅栏中。

只不过几秒钟的时间，羊圈中所有的羊都已经横尸在地了。杀完所有的羊之后，狮子跳出羊圈，把那只小狗也杀了。然后，它穿过公路逃进了对面的森林中。当时，一辆汽车正向它迎面驶来，车头灯照到了狮子，但那也只持续了一秒钟的时间。

猎狮犬

那辆照到狮子的车是鲍勃·卡鲁的妈妈开的。鲍勃和他的爸爸当时去了卡特逊镇，而鲍勃的妈妈之前开车去拜访一个住在峡谷中的朋友。在回家的途中，她看到了那头狮子，但在车灯的照射下，那看起来只不过是个转瞬即逝的影子。刚开始的时候，她以为那是一头鹿。因为通常情况下，鹿在找不到食物的时候，会在夜晚来到牧场的大干草垛前，啃那里的干草。她将车开到自己家的院子里，没去理会那头所谓的鹿。但当她将手伸进口袋摸钥匙的时候，她突然停了下来。

他们家的小狗是个非常通人性的家伙，也非常喜欢自己的家，它几乎从未离开过院子。每次，只要是家里的人回来，它都会在那里摇着尾巴迎接。而现在，她发现小狗并没有出来迎接她，这让她感到有些诧异。

"布朗尼！"她喊道。

没有得到小狗的任何回应，让她感到十分不安，她进了屋，咯哒一声打开灯。尽管每年的这个时候，路上的车并不是很多，但小狗还是有可能走到公路上，她担心它被车撞了。想到这里，她拿起一个手电筒，走向屋外的门廊。

虽然没有月亮，但天空依然十分明净，呈现出冬天的夜晚所特有的半透明色。当卡鲁夫人正要走上公路的时候，她注意到在房子和羊圈中间的空地上躺着一个东西。于是，她用手电筒照了过去，她看到了那个毛茸茸的小身体。

虽然她有些害怕，但并没有惊慌失措。作为一个牧场主妇，她已经习惯了这个偏远农场中发生的各种紧急情况。她跑到小狗面前，用手电筒在它身上来回照着。这时，她看到了雪地上留下的狮子的脚印。她小心翼翼地走到羊圈前。

往里面看了一眼后，她就迅速跑回了屋中，从架子上拿下她丈夫的步枪，然后又回到车中。接着，她将车开到了通往阿利斯家的那条砾石小路上。到了路口，她不得不将车停下来，因为扫雪车从来不会开到砾石小路上去清理那里的积雪。接下来，她必须步行。她一手握着手电筒，一手紧紧抓着步枪，慢慢地沿着小路走着。直到她看到阿利斯家那扇结着霜的窗户透出的光，才拔腿奔跑。她推开阿利斯家的房门闯了进去，把里面的约翰尼和阿利斯吓了一跳。

"卡鲁夫人，"约翰尼吓得跳了起来，"发生了什么事？"

"我想我最好还是到这儿来，"她说道，"我丈夫和鲍勃都去了卡特逊镇，我刚才也出去拜访朋友了。我们全家人都不在家的时候，一头狮子袭击了我们的牧场。它杀死了我们家的12只萨福克绵羊，还把我家的狗也杀了。"

"这是多久前的事？"阿利斯马上问道。

"不到半小时以前的事。当我开车回来的时候，我看到那头狮子穿过了公路。当时，我还以为那是一头鹿，直到我发现狗和羊的尸体，还有狮子在雪中留下的脚印，我才知道那是一头狮子。"

阿利斯开始穿他的橡胶派克靴，边穿边说："我们马上和您一块儿去看看。约翰尼，快给猎犬们套上皮带。"

他们穿好外套，带上步枪，给猎犬套上了短皮带。然后，他们迅速走上了砾石小路，上了卡鲁夫人的车。约翰尼坐在车的后座上安抚着三只猎犬，而卡鲁夫人开着车沿着被清理干净的公路往回走。他们将车停靠在牧场的院子中，下车后，阿利斯仔细地查看着狮子留下的脚印。

"就是那头大狮子，"他说道，"松开猎犬，约翰尼。"

当约翰尼解开猎犬脖子上的皮带扣后，阿利斯说道："去追它！"

三只猎犬冲了出去，循着狮子的踪迹呈直线奔跑着。接着，梅杰那雷鸣般的咆哮声回荡在这寂静的夜晚中。然后，多伊和蓝斑猎犬也跟着叫了起来。

"先让它们跑一会儿，这样我们就知道它们要去哪儿了。"阿利斯说道，"你一个人待着会不会害怕，卡鲁夫人？我保证狮子不会再回来了。"

"我不害怕，"她坚定地说，"快去抓那头狮子吧！"

就在这时，远处传来另一只猎犬的吼叫声，那声音很微弱。约翰尼和阿利斯面面相觑，震惊不已。猎犬离他们越来越近，它的叫声也越来越大。这时，夜色中，有个黑影冲了出来，是巴克从他们面前疾驰而过。

四　埋　伏

当狮子离开卡鲁牧场后，它并不是行色匆匆地仓皇而逃，而是步伐稳健地奔跑着。它对这一带很熟悉，也知道自己接下来要去哪里。

狮子跳入小溪中，在水中朝上游走了一段距离，然后又从小溪中跳到岸边，向前方的一个山坡爬去。当爬到山顶后，它转过头来倾听。这一次，它更加大胆了，攻击并杀死了属于人类的动物。但它并不害怕，因为它早就料到人类会放猎犬来追它。所以，当再次听到猎犬队追踪它的叫声时，它根本就没有丝毫的惊慌。

狮子向前小跑了一段距离后，来到一道裂缝前，然后跳了上去。它知道猎犬不会那么轻易就把它跟丢的，因为经验告诉它，它们会在四周找到其他的路爬上来。但它知道，这至少会拖延一些时间，把它们甩在后面。

当红毛猎犬巴克的叫声再次响起的时候，狮子再一次停了下来。尽管巴克不停地追逐着它，还在悬崖一带反复袭击它，但它并不担心什么。可是，之前追逐过它的那三只猎犬也再次追了上来，它听出了它们的声音。经过一段紧张奔跑后，狮子终于成功地将猎犬队远远地甩在了身后，它相信自己能够跑在四只猎犬的前面。

它继续小跑着，这样既不会疲劳，也不会喘不过气来。它听到三只猎犬已经到了自己刚才跳过的裂缝边上，它们的声音中充满挫败感，因为它们无法跳过去。接着，狮子听到了巴克的叫声，这叫声和其他猎犬的叫声融合到了一起。过了一会儿，猎犬的叫声慢慢消失在远方。有一阵子，狮子根本听不到它们的任何叫声。

于是，狮子放慢了脚步，在冰雪覆盖的悬崖上静静地走着。走到一个峭壁前，它停了下来，伸了伸懒腰，躺在一棵小松树旁休息。在它头顶三米处有一个壁架，在那个壁架之上还有更多的壁架和突出的岩石。如果有必要的话，它会爬上那个峭壁。不过，在此之前，它想再一次与猎犬队一决胜负。那些猎犬是它不共戴天的敌人，它们不断地追着它，与它决斗。如果可能，它会把它们全部杀死。

一个半小时后，猎犬们在裂缝的周围找到另一条路，爬上了悬崖，向狮子追了过来。狮子站起身，背对着峭壁，准备和它们一决高下。但正当它绷紧全身的肌肉，打算向它们扑过去的时候，它感到了一丝不安，发现有些异样。

以前，当猎犬队出现的时候，梅杰总是打头阵。而现在，红毛猎犬巴克跑在了它们前边。当巴克迫近时，嗓子里发出了低沉而洪亮的挑战声。狮子往后退了几步，直到它身体的后部蹭到了峭壁。正当巴克直接朝它冲过来时，狮子也计划好怎么攻击了。等巴克靠得足够近时，狮子猛然挥出了爪子，但什么也没有击中。

巴克已经不在那里了，它像灵巧的燕子一样迅速闪到了一边。

但转瞬之间，巴克又跳了回来，用它那锋利的尖牙咬住了狮子的下巴，并扯掉了狮子松弛的嘴唇上的一块肉。

这时，其他三只猎犬也加入进来了。梅杰从狮子的一侧攻击，多伊和蓝斑猎犬从狮子的另一侧进行攻击，而巴克则飞奔到了狮子的后面，猛击它的后部。狮子迅速转过身来，打算将巴克按在峭壁上。但它这一击只撞到了巴克身体一侧的肋骨，巴克的嗓子里咕噜了一声，就好像喘不过气来一样，但这并未对它造成太大的伤害。接着，巴克又开始更凶猛地对狮子进行还击。

狮子越来越紧张，经过15分钟的对决，它发现自己根本抓不到它们。于是，狮子非常愤怒地朝它们冲了过去，猎犬纷纷向后退着。狮子趁机转过身，轻而易举地跳到了壁架上。可是，就在它向上跳的时候，巴克也跟着跳了起来，把狮子腹部上垂下来的松弛的皮肉给咬穿了。

狮子怒气冲冲地咆哮着，望着下面疯狂的猎犬。从上面跳下去并杀掉任何一只猎犬看似简单，但狮子以前曾尝试过，它也知道那绝非易事。因为那些猎犬动作迅速，小心谨慎，所以很难将它们按倒在地。狮子舔了舔嘴唇上流出的血，又转过头用它那温暖的舌头舔着被撕破的肚皮，以减轻疼痛。过了一会儿，它站起身来，心神不安地在壁架上来回踱着步子。

风猛烈地迎面吹来，就在这时，狮子闻到了约翰尼和阿利斯的气味。虽说这气味有些微弱，但狮子还是辨认出了这是他们两个人的气味。它在悬崖附近见过约翰尼的踪迹，而那次在阿利斯家袭击几头小牛和两只老猎犬的时候，它也闻到了阿利斯的气味。当狮子确定只有这两个人跟着猎犬追过来时，它就转过身爬上了峭壁。

　　峭壁又高又陡，只有一些狭窄的壁架。而在另一些地方，甚至只有几块可以立足的凸岩。狮子试图从一个壁架上跳到一块可以立足的凸岩上，不料却摔了下来，不过，它还是像猫一样敏捷地落在壁架上。它又尝试了一次，这一次它用两只前爪先抓住凸岩，然后

从那里攀登到另一个壁架上，最后再沿着壁架跑到峭壁的顶端。

　　狮子听到猎犬的叫声突然停止了，它知道它们已经离开峭壁去周围寻找另一条路了。它迅速穿过一片矮松林，有那么一会儿，它根本听不到任何吼叫声，但它确信，它们会再次出现的。于是，它来到了另一道裂缝前，等待着。它已找好了逃跑的路，但在逃跑之前，它不死心地想要再和猎犬们一决高下。不一会儿，它果真又听到了猎犬的吼叫声。

　　猎犬队越来越近，狮子绷紧了全身的肌肉。这一次，巴克比梅杰领先了大约150米，而多伊和蓝斑猎犬则跟在梅杰的后面。狮子不断地伸出又缩回它的利爪，做着决斗前的准备。

　　就像以前一样，巴克直接向它冲了过来。狮子等待着，尾巴抽打着地面。当巴克看似已经近在咫尺时，狮子猛地挥起了爪子，但这一次也仅仅是爪尖擦过了巴克的肋部，看似漂亮的弧线形的一击，只不过刮掉了巴克的几根毛发。

　　巴克开始还击，它朝着狮子的脖子咬去。虽然没有咬到它的动脉，却咬穿了它的静脉。霎时间，红色的鲜血喷到了雪地上。狮子顿时一阵狂怒，不顾一切地朝这个折磨自己的家伙扑去。只可惜，它还没来得及将巴克按倒在地，猎犬队的其他成员就纷纷赶来。它一心想置巴克于死地，根本没有注意到自己离那条裂缝已经有六米远了。当它转过身准备朝裂缝跑去的时候，猎犬们紧追着，猛地咬住了它的两侧和头部。不过，狮子最后还是安全地跳到了裂缝的对面，然后转过身咬牙切齿地望了望这些猎犬。

一股怒火在它的胸中沸腾着，但它无能为力，只能朝吼叫着的猎犬队咆哮一声。它知道猎犬不会马上就追上来，所以它离开的时候，并没有跑，而是慢慢地走着，以恢复体力。它越过一座山脊的顶部，进入了一个峡谷。

狮子来到骏马裂缝前，从容不迫地进入裂缝中，并跳上了壁架。它闻了闻被积雪覆盖的杰克的尸体，然后转过身去倾听猎犬的叫声，却什么也没有听到。

狮子找了一片低矮的雪松丛趴了下来，那里是它曾经伏击杰克的地方。它非常安静地趴在那儿，知道这样就不会被人发现。除了巴克，其他猎犬是爬不上来的。如果只是巴克来了，它完全能够应对，然后再离开裂缝，爬到最近的峭壁上。如果猎人来了，狮子也做好了准备。它想要和他们再算一笔账。

巴克从他们身边跑过去后，约翰尼、阿利斯和卡鲁夫人又在牧场里站了足足十分钟。他们听到，在狮子蹚过小溪的地方，猎犬暂时停止了吼叫。在重新找到狮子的踪迹后，它们又恢复了吼叫。而在狮子越过裂缝的地方，它们的叫声再一次停止。

"它被逼上树了！"约翰尼大声说道。

"不，它没有，"阿利斯持有不同看法，"它去了猎犬无法到达的地方，而猎犬正想办法追过去。我想我们该走了，卡鲁夫人。"

"皮特和鲍勃回来后，要不要让他们去帮你们一把？"

"最好不要，"阿利斯摇摇头说，"因为一个小时后，那些猎犬早已走远了。任何人都很难找到我们，也很难找到那些猎犬。不过，如果他们愿意的话，可以在明天早上出发，没准可以找到我们的踪迹呢。"

"你们打算一晚上都待在外面吗？"

"我想是这样的。不过，我觉得今天晚上我们不大可能困得住狮子，因为它太聪明了。哦，对了，你可以借我们一个手电筒吗？我们出来的时候太匆忙，忘记带了。"

"当然可以。"卡鲁夫人走进屋中，拿了一个可以装多节电池的大手电筒，递给了阿利斯，"给你，电池都是新的，我们很少用。"

"谢谢。"

远处，猎犬们依然在裂缝周围转着，它们一边寻找通往悬崖的路，一边不停地吼叫着。约翰尼已经坐立不安了，他想赶紧动身去猎捕那头大狮子，而不是站在这里说些毫无意义的话。

"您不觉得我们现在该出发了吗？"他直截了当地说道。

"沉住气，"阿利斯建议道，"我们出发前要确定好一些事。"

"现在猎犬都停在那里，我们可以过去帮助它们。"

"猎犬们会照顾好自己的，我们的任务是要对付那头大狮子。请记住，杰克之前可是尝试了他所知道的所有手段，但也没能抓到狮子。"

"我们要怎么做呢？"

阿利斯表情严肃地说道："设法看透那头大狮子。我知道它是不会爬上树的。如果它会爬树，杰克早就抓到它了。"

他们穿过公路，开始朝悬崖一带走去，他们走得很慢，因为阿利斯太老了，他不能走得太快。猎犬叫着叫着就停了下来，过了一会儿又开始吼叫起来。在它们渐渐跑向远方后，声音也变得越来越微弱。在一个陡峭的山坡上，阿利斯停下来休息了一下，而这个时候，猎犬的叫声也几乎听不到了。

阿利斯说："那头狮子真是我在这一带见过的最聪明的一头，约翰尼。"

"很高的评价啊。"

"这是事实。它知道如何切断自己的踪迹，而且也不慌张。我的想法是，它知道现在是晚上，人绝对看不到它，所以就很自信。我猜它还会为猎犬们设陷阱，它对猎犬的憎恨绝对比其他狮子强烈得多。"

"为什么？"

"如果我知道原因，那么我对那头狮子的了解就会更多，比现在还要多。我现在只是猜测而已，我觉得，曾经有一支猎犬队将它逼上了树，而它当时也确实陷入了困境。也许它被枪击中了，不过只是受了些伤，然后就逃跑了，或者它曾遇到过其他类似的事情，这就是它不再爬树的原因。因为它知道如果爬上树后，将会发生什么。"

"您计划怎么抓到它呢？"

"如果我没有猜错的话，今晚它不会卖力地跑。因为在黑暗中，它会感到很安全，这也是杰克没有抓到它的一个原因。它就是不会在白天出现，因为到了早上，它可能会前往最近的荒野或山峦起伏的地方藏起来。所以，它出来之前，我们必须在它要出没的地方准备好。不然，我们会再次把它跟丢的。我认为，它会找一个人类和猎犬都无法靠近的地方。"

风绕着山峰发出哭一般的声音，在被冰霜裹得紧紧的树枝上弹奏出悲伤的曲子。一头孤单的鹿在风中大声地叫着，因为它在雪松峡谷中脱离了鹿群，迷失在这夜色笼罩的山坡上。附近的一条隧道里，一只老鼠正吱吱地叫着。约翰尼和阿利斯完全听不到猎犬的叫声。

阿利斯又停下来休息，约翰尼也在他身旁停了下来。他有些困惑，因为这并不是他的捕猎方式，如果是他一个人来的话，他会尽量跟随猎犬队。而且，他也不相信狮子会拒绝上树。但阿利斯是一个拥有丰富经验的老猎人，约翰尼愿意听从他的安排。

阿利斯在前面带路，他走下一个山坡，用手电筒照了一下前方的一条小溪。溪流很急，根本没有结冰。然后，他踩着溪流中凸出的圆石走了过去。接着，他又用手电筒为约翰尼照亮溪流，让他也走过来。两个人都越过溪流后，他就把手电筒关了，朝前方的另一个斜坡爬去。

他们到达了山坡的一个凸起处，也就是山坡斜向一边凸出的地方。突然间，他们清晰地听到了猎犬的叫声，那是一种疯狂而凶猛的叫声，很不协调，有高音也有低音，就如一支战斗曲一样扣人心弦。显然，四只猎犬都在同一个地方。阿利斯和约翰尼都静静地站在那儿一动不动，他们都被听到的声音给征服了，在脑海中尽情地发挥着想象力。

约翰尼小声说道："听上去好像狮子已经被逼上树了。"

"不，它还没有上树。那下面根本没有任何大树可以承受它的重量。我认为狮子正在某道裂缝中和猎犬们对抗着。你听！"

猎犬的叫声越来越大，大到近乎疯狂。然后，声音又逐渐减弱，它们烦躁不安地吼叫了几声后，一切都恢复了平静。

"现在是怎么了？"约翰尼问道。

"猎犬们把狮子逼得太紧，它逃跑了。可能是跳到了某道裂缝的对面，而猎犬又过不去了。"

"它们可以再次找到狮子的踪迹，不是吗？"

"当然。梅杰知道怎么做，那只红毛猎犬巴克也知道的。"

阿利斯带领着约翰尼穿行于夜色中，只有非常必要的时候，他才会使用手电筒。他们来到一道陡峭的裂缝前。

阿利斯轻声地咒骂道："该死！这道裂缝大概有60米深，我们没法从这里爬上去，过来。"

于是，他们走进了裂缝中。走着走着，裂缝越来越宽，最后直接变成了一个峡谷。虽然岩壁依然陡峭，但上面有很多可以作为立足点的凸出来的岩石，还有很多小树，用手抓着就可以爬上去。一

第三章

路上，阿利斯都没有打开手电筒，直到他们走到峡谷的底部。突然，夜色中响起了猎犬们雷鸣般的叫声，这声音离他们很近。不一会儿，猎犬又气势汹汹地去追逐新鲜的气味，而吼叫声也渐渐消失在远方。

约翰尼帮助阿利斯爬上了峡谷的另一面。当他们最终爬上峡谷那碗状的边缘时，两个人已气喘吁吁了。他们把夹克解开，好透透风。约翰尼满头大汗，他把帽子向后推了推。然后，他仔细地倾听着，但是除了风刮过树枝所发出的呼啸声，就是夜行动物偶尔的叫声，其他的什么也听不到。

约翰尼有些疑惑。他只知道一种猎捕狮子的方式，那就是先跟随发现狮子踪迹的猎犬队，当猎犬朝着狮子吼叫的时候，再用枪将狮子从树上或者任何其他避难的地方射下来。他不解地望着爷爷。如果阿利斯的计划是正确的，那么约翰尼又将学到很多新的捕猎知识。但他一直怀疑这计划是否会成功，因为要预测狮子或其他野生动物的行动，并不那么简单。

在他们前面，是一座高耸的被称为火椅峰的山峰。它之所以叫这个名字，是因为在太阳照射下，它会呈现出绚丽多彩的颜色。除了两侧长有一些小树外，火椅峰的峰顶完全是光秃秃的。当然，被猎犬追捕的狮子也绝对不会去那里的。但阿利斯要去的地方正是那里。

"我们要去爬火椅峰吗？"约翰尼问道。

"没错。"

约翰尼什么也没说，爷爷要去爬那座山峰必定有他自己的理由。于是，他们踩着凸起的岩石，抓着火椅峰上的小松树慢慢向上爬着。约翰尼始终不忘留意着阿利斯，当老人差点绊倒的时候，约翰尼一把抱住了他。

他们到达火椅峰的峰顶后，又把夹克扣上了。峡谷中刮的风是令人心情爽快的，这里的风却是猛烈而刺骨的，就好像要把他们撕扯得四分五裂一样。约翰尼将步枪夹在臂弯里，然后把他冰冷的双手插进了口袋中。他觉得自己好像听到了动物移动的声音，但后来意识到，那只不过是风吹过碎石所发出的声音。

他站在那里，肌肉紧绷着，充满期待。他很希望阿利斯是真的看透了那头狮子的心思，但如果老人猜错的话，那么猎物可能是到了别的什么地方，这也就意味着他们得往回走，重新找出狮子的踪迹，并跟踪追赶。约翰尼坚信，如果他们真的那么做的话，那就意味着，他们把狮子跟丢了。虽然他也说不出为什么。

"您打算怎么做？"约翰尼焦急地问道。

"抓到那头狮子。我们知道，它已经至少两次摆脱了猎犬的追捕，而实际上可能还会更多。它的行动并不快，而白天它又会躲藏起来。我想，它会选择一个不是很远的地方躲起来，而这里最适宜倾听猎犬的叫声。"

时间一分一秒地流逝，然而这黑夜如此漫长，似乎没了尽头。约翰尼一会儿跺跺脚，一会儿又跳来跳去，想尽办法来暖暖身子。他用手指摸了摸鼻子，发现鼻子还是有感觉的，没有被冻住。当悬崖上空慢慢亮起来，发出苍白的亮光时，看起来是如此不真实，以至于约翰尼根本没有注意到天色的变化。

突然，他好像听到了猎犬的吼叫声。

于是，他马上站直了身体，微微张开嘴巴，以便更好地倾听。风依然呼啸着穿过碎石，他想这或许只是风声，而不是猎犬的叫声。就在这时，远处传来了整支猎犬队的吼叫声，虽然声音有些微弱，却清晰可辨。

"就是它们！"阿利斯呼喊道。

"我听到了！"

"快，约翰尼！它们朝着死人之壁去了！我敢打赌那头大狮子就在那儿！"

在灰蒙蒙的早上，约翰尼跟随着阿利斯从火椅峰的山坡上走了下来。走到山峰脚下，他们穿过了松树林。他们望了望对面的死人之壁，那险恶的地势简直令人畏惧。

阿利斯找到一道有坡度的裂缝进入了峡谷内，当他们到达峡谷后，马上就听到了猎犬狂热的吼叫声。狮子一定就藏在峡谷中的某个地方，根据猎犬的叫声，约翰尼断定狮子一定是进入了骏马裂缝。

因为如果狮子去了其他地方，猎犬们都能追上去。约翰尼和阿利斯绕过一个弯道，骏马裂缝立刻就呈现在了眼前。他们看到，猎犬队正在骏马裂缝的第一个陡峭的斜坡下吼叫着，而巴克已经在那个斜坡上爬了一半。

阿利斯急忙说道："快，把它拖下来，约翰尼！"

于是，约翰尼从口袋中掏出一根皮带，打成环状甩出去，套到了巴克的脖子上，把它拉了下来。巴克很不情愿，歇斯底里地咆哮着。约翰尼将皮带的另一端系在了一棵树上，当巴克朝他猛冲过来时，他迅速跳到了一边。接着，巴克不停地使劲向前拽着皮带。它的舌头耷拉在外面，绷紧的皮带简直快让它窒息了，它不得不用力地喘着粗气。但巴克毫不在意，继续拽着皮带，皮带拉得更紧了。

"它太想抓到那头狮子了。"

"那头狮子简直是自投罗网！"约翰尼大声说道，"它进去了，却一直没有出来，而这里又是唯一的出口！"

阿利斯冷静地说："我不这样认为。"

"为什么？"

"因为这并不合乎情理。如果说其他狮子会进入一个被堵死的峡谷我倒是相信，但这头狮子是绝对不会的。它进入骏马裂缝一定有它自己的理由。"

"也许它并不熟悉这一带，所以就进入了一个陷阱。"

"有可能，但我还是不这样认为。约翰尼，跑了这么久，我感到身体有些虚弱。你先把那三只猎犬提到壁架上，然后再把那个红毛的捣蛋鬼放开。看来它自己能爬上去。"

"如果猎犬将狮子从上面赶了出来，那么当它出来的时候，我们最多也就是随便开上一枪，没准又让它跑了！而如果我们在上面抓到它，它就是我们的了！所以，还是让我一个人上去抓它吧！"

阿利斯表情严肃地说道："不，太危险了。"

"祖父大人，"约翰尼恳求道，"您要是能爬上那个壁架，那就让您去，但您是知道的……"

阿利斯咕哝道："你不如我了解狮子。"

"也许我没您知道得多，但是一个害怕猎物的人是永远无法成为猎人的！我也一样！"

阿利斯犹豫了许久，他满眼焦虑地望着约翰尼。但同时，他的脸上又写满了理解。

"你要向我保证，一定要小心。"

"我会非常小心的！"

"好吧，但我只给你两分钟时间。如果两分钟过后，你还是没有看到那头狮子，我就把巴克放开。"

约翰尼爬到了壁架上，发现了狮子留在雪地上的脚印。当看到那巨大的脚印时，他脖子后面的汗毛都竖了起来。约翰尼打开了步枪的保险栓，然后慢慢地循着狮子的脚印往前走。

他一步一步走着，时不时地停下来望一望周围，然后爬上了骏马裂缝的顶端。在他前面100米处，有一棵大松树，松树旁边有一片低矮的雪松丛。约翰尼仔细地查看那些雪松，但什么也没有发现，而且狮子一般也不会藏在那样的地方。也许，它去了骏马裂缝的两个岩洞中。

突然，约翰尼在距离矮雪松15米的地方停了下来。在树丛的右面有一块巨大的石头，在石头与树丛间，他看到有个东西动了一下。于是，他马上将步枪托到了肩膀上，但再没有东西在动了。那可能只是一只松鼠或一只兔子，但也有可能是那头大狮子。约翰尼目不转睛地看着那块大石头，他能听到猎犬们的吼叫声，但听起来就像是从很远的地方传来的。除此之外，骏马裂缝中再没有其他声音。

突然，就在约翰尼旁边，爆发出一声嘶哑的怒吼。他猛地转过头，只见巴克从他身边冲了过去，脖子上还耷拉着一条皮带。它直接扑向正要从雪松丛中跳出来的那头大狮子。就在那几分之一秒的时间里，狮子发现自己要面对的不是一个敌人，而是两个，它犹豫了一下。

也就在这一刹那，约翰尼觉得，那个用枪瞄准狮子并扣动扳机的人似乎不是自己，而是其他人。他看到狮子头部中央的毛发都直直地竖了起来。这头体形庞大的野兽，就像一个走完发条的巨大机械玩具一样，向前慢慢走了一步。它抬起一只前爪挥向巴克，但是现在，它这一击已经没了力量。狮子僵在那里抽搐了一下，然后就无力地瘫倒在雪地上。

这时，约翰尼听到阿利斯那发疯似的叫喊声："约翰尼！你没事吧？"

约翰尼声音颤抖着喊道："我没事。我把它杀死了。"

说完这话以后，约翰尼已经没了力气，他一下子瘫坐在雪地上。他看到巴克跑到狮子跟前闻了闻，然后轻蔑地用爪子把雪扫到这头大狮子的身上。

接着，巴克转过身，开始在雪中刨着什么东西。约翰尼想知道它到底在找什么，就没有去制止它。不一会儿，雪中就露出了杰克的尸体。巴克看了看约翰尼，又看了看杰克。

现在，巴克终于不再表现得那么野蛮，也不再对约翰尼充满敌意。最终，它轻轻地向约翰尼走了过来，但步伐仍旧犹豫不决。它已经报了仇，任务也已完成。它又是一只自由的猎犬了，可以重新选择主人。

红毛猎犬巴克趴在雪中，舔了舔约翰尼的手。

第三章